W0384013

Eva Maria Kohl

Der Koffer mit dem doppelten Boden

Eva Maria Kohl

Der Koffer mit dem doppelten Boden

DER KINDERBUCHVERLAG BERLIN

Illustrationen von Fred Westphal

ISBN 3-358-00582-8

1

Eigentlich ist es ein ganz normaler Dienstagnachmittag. Das Mädchen Johanna sitzt am Küchentisch und macht seine Schularbeiten. Manchmal blickt es über den Rand seiner Brille zur Großmutter hinüber. Die steht am Bügelbrett und plättet Hemden. Ab und an piepst der Wellensittich in seinem Vogelbauer am Fenster. Die Küchenuhr tickt. Johanna vertieft sich in ihre Aufgaben. Plötzlich schließt die Wohnungstür, Schritte kommen eilig den Flur entlang, die Tür wird aufgerissen. Auf der Schwelle steht Johannas Mutter.

»Du?« sagt Johanna überrascht. »Jetzt schon?«

Die Mutter geht auf sie zu und zieht sie vom Stuhl hoch in ihre Arme. Sie drückt sie heftig an sich.

»Mama«, sagt Johanna überrascht, »was ist denn?«

Die Mutter hat ein fremdes Gesicht. Sie sieht die Tochter an, und gleichzeitig sieht sie durch sie hindurch. Die Großmutter hat das Bügeleisen hingestellt und die Hände sinken lassen.

»Nun red schon«, sagt sie ungeduldig. »Was ist denn los?«

»Ich muß verreisen«, sagt die Mutter und hält sich an der Tischkante fest. Weder Mantel noch Tuch hat sie abgelegt. Sie steht da, als ob sie sofort wieder losrennen will.

»Macht euch keine Sorgen«, sagt sie, »es geht etwas schnell. Aber wir haben damit rechnen müssen, nicht wahr?« Und leise fügt sie hinzu: »Und jetzt ist es eben soweit.«

Sie geht zur Großmutter und umarmt auch sie. »Bleibt ganz ruhig«, sagt sie beschwichtigend. »Mir passiert nichts. Ich schaff das schon.«

»Aber wieso denn«, sagt die Großmutter, »du kannst doch nicht einfach so . . .«

»Doch«, sagt die Mutter, »jetzt gleich. Wenn Hans kommt, dann sag ihm, die anderen sind wahrscheinlich alle hochgegangen.«

Johanna starrt die Mutter an. Was meint sie? Wer ist hochgegangen? Wohin?

»Mein Schatz, mein Lieberchen«, sagt die Mutter und streichelt ihr über den Kopf. »Mach der Großmutter keinen Kummer. Du bist doch schon ein großes Mädchen.« Und dann, zögernd, setzt sie hinzu: »Vielleicht bin ich auch bald wieder da.«

Sie drückt Johanna wieder auf den Stuhl und wendet sich zum Küchenschrank. Das Plättbrett versperrt alles, sie muß erst die Wäsche beiseite räumen, um an das Schrankfach zu kommen. Die Großmutter faßt zu und packt die Stapel irgendwohin. Johanna begreift nichts.

Hat die Mutter Urlaub bekommen von ihrem Büro? Warum will sie so plötzlich verreisen? Und wenn sie verreist, warum packt sie keinen Koffer? Wenn man verreist, muß man doch einen Koffer pakken! Damals, als sie zur Sommerfrische im Taunusgebirge waren, haben sie zwei Koffer mitgenommen.

Die Mutter hat ein paar Geldscheine eingesteckt, die Großmutter kramt noch immer in den Schubladen.

»Laß gut sein«, sagt die Mutter, »ich brauche nichts. Heute nacht schlafe ich bei Sophie. Und dann werden wir weitersehen.«

Johanna kennt Tante Sophie. Sie ist eine Freundin der Mutter und wohnt nicht weit von hier.

Die Großmutter fängt plötzlich an zu weinen. Die Tränen stürzen über ihre Wangen wie ein Wasserfall. Sie wischt sie mit dem Handrücken weg und sucht nach einem Taschentuch.

»Verabschiede dich von deiner Mutter, geh, sag ihr auf Wiedersehen!« Die Großmutter schiebt Johanna, die verständnislos zwischen den beiden Frauen steht, zu ihrer Mutter.

»Mein großes Mädchen«, sagt die Mutter. »Alles wird gut, ganz bestimmt!«

Plötzlich bekommt Johanna Angst, riesengroße Angst.

»Was soll gut werden?« schreit sie. »Was denn, was denn nur?«

Die Mutter dreht sich hastig um und zieht die Großmutter hinaus in den Flur. Sie reden leise miteinander. Dann hört Johanna wieder eilige Schritte, die Wohnungstür schlägt zu. Wenig später fällt unten die Haustür mit einem Knall ins Schloß.

Paulchen, der Wellensittich, zwitschert ein wenig. Die Küchenuhr tickt. Es ist nachmittags halb vier.

Am Abend kann es Johanna immer noch nicht begreifen. Viel Seltsames ist passiert. Sie geht mit der Großmutter zum Vater in die Wohnung. Wieder wird geflüstert und die Tür zugehalten. Dann packt Großmutter einen Koffer mit Anziehsachen für Johanna, weil Johanna nun bei den Großeltern wohnen soll.

»Bis Mutter wieder da ist«, sagt der Vater tröstend.

»Wann kommt sie zurück?« fragt Johanna. Großmutter antwortet ausweichend.

»Wo ist Mutter?« fragt Johanna. Großmutter schweigt.

»Wir sollten dem Kind etwas sagen«, meint der Vater.

Da wird die Großmutter ärgerlich.

»Wer viel weiß, kann viel verraten«, meint sie.

»Höre, Johanna«, sagt sie, »wenn Leute kommen und etwas von dir wissen wollen über Mutter, dann sagst du immer, sie sei verreist. Und basta.«

»Welche Leute werden fragen?« will Johanna wissen. Sie bleibt hartnäckig.

»Irgendwelche Leute, papperlapapp.«

Die Großmutter wühlt im Schrank zwischen Kniestrümpfen und Pullovern und packt immer mehr in den Koffer. Johanna quetscht das zweite Steckalbum dazwischen und das Tierbuch. Der Vater macht gar nichts. Er steht am Fenster, schaut auf die Straße und schweigt. Als sie sich verabschieden müssen, hängt sich Johanna an seinen Hals und bittet: »Sagst du mir, was mit Mutter los ist?« Der Vater seufzt. Es sieht aus, als ob er gern reden möchte. Aber aus irgendeinem für Johanna unverständlichen Grund schweigt auch er.

»Johanna«, sagt er nur, »es kann sein, daß Polizei kommt und nach Mutter sucht. Und es kann auch passieren, daß sie Schlechtes über Mutter sagen werden. Aber du darfst ihnen nicht glauben, niemals. Deine Mutter hat nichts Böses getan. Sag zu allem immer: Ich weiß nicht. Versprichst du mir das?«

»Ich verspreche es«, sagt Johanna und löst sich vom Hals des Vaters.

»Dann bin ich beruhigt«, sagt der Vater.

Die Großmutter schiebt sie zur Tür.

»Sie weiß ja wirklich nichts«, sagt sie, zurückschauend, zum Vater.

Es stimmt nicht, daß Johanna nichts weiß. Sie hat bei dem Gespräch zwischen der Mutter und der Großmutter, so leise es auch hinter der Tür geführt worden sein mag, ein paar Worte aufgeschnappt. Eines hieß »Zickzacksiedlung«. Dort, denkt Johanna, wird die Mutter wohl in der Nacht schlafen. Es handelt sich um ein Wohnviertel, dessen Häuser und Straßen wie in einem Zickzackmuster geordnet sind. In einem der Häuser, der Nummer siebzehn, wohnt Sophie, die Freundin der Mutter.

Aber wie erklärt Johanna sich, daß die Mutter dort schläft? Warum ist sie fortgegangen? Niemand gab ihr eine Erklärung. Denn niemand konnte es wagen, ein neunjähriges Mädchen mit derartigen Geheimnissen zu belasten. Weder die Großmutter noch der Großvater noch Johannas Vater. Sie konnten ihr nicht sagen, daß die Mutter zu einer Gruppe von Widerstandskämpfern gehörte, die Flugblätter gegen die Nazis druckten und verteilten. Das machten sie heimlich, nachts, und lange Zeit ging es gut, und niemand verriet sie. Aber jetzt, im September 1934, hat ein Spitzel die Namen und Adressen der Genossen verraten. Die meisten sind verhaftet worden, Johannas Mutter konnte als einzige rechtzeitig gewarnt werden und untertauchen. Untertauchen – das klingt seltsam. Es heißt hier aber nicht, in einen See oder auf den Grund des Flusses zu tauchen und so lange die Luft anzuhalten, bis oben niemand mehr steht, der auf einen lauert und einen packen will. Es heißt, die Adresse eines zuverlässigen Menschen zu kennen, der einen für eine gewisse Zeit verstecken kann.

In dieser Nacht war es die Adresse der Freundin Sophie in der Zickzacksiedlung. Und deshalb ist es doch etwas leichtsinnig von den Frauen gewesen, das Wort auszusprechen. Johanna hat es gehört, und Johanna grübelt an diesem Abend beim Einschlafen darüber nach, was das alles bedeuten könnte.

2

In der Morgenfrühe, viel früher, als Johanna sonst aufsteht, um zur Schule zu gehen, kommen sie. Erst klingelt es an der Tür. Dann hämmern Fäuste dagegen. Johanna, die auf dem Sofa im Schlafzimmer der Großeltern liegt, richtet sich auf. Sie muß sich erst erinnern, wo sie sich befindet. Die Gardinen sind zugezogen, das Licht fällt spärlich ins Zimmer.

Hinter der Tür ist die Großmutter zu hören. Sie ruft: »Ja, ja doch, ich komme schon!« Ihre Filzschuhschritte tappen eilig den Flur entlang.

Der Flur ist sieben Meter lang und so schmal, daß man keinen Schrank darin stellen kann. Johanna hat oft im Flur gespielt, wenn die Großmutter ihre Hausarbeit derart in der Küche ausbreitete, daß kein Platz für Johanna blieb. Im Flur läßt sich gut Murmeln rollen und rutschen, das Linoleum ist glatt.

Die Fäuste hämmern ungeduldig.

»Aufmachen! Polizei!«

Der Flur will gar nicht enden. Die Großmutter rennt und ruft: »Ja, ja, Momentchen!«

»Wird Zeit!« hört Johanna eine Männerstimme sagen, und gleich darauf sind viele Schritte im Flur. Die Tür wird aufgerissen, und ein Mann mit Hut und Ledermantel greift nach den Federbetten und reißt sie hoch und schüttelt sie durch. Das Taschentuch von Großmutter und ihre wollenen Kniewärmer, die unter der Decke lagen, fallen herunter.

»Wo haben wir denn den Vogel, na, wo denn?« schreit der Mann. Johanna sieht, daß er mit den Schuhen auf Großmutters Taschentuch steht.

Ein zweiter Ledermäntliger taucht im Türrahmen auf.

Er blickt auf Johanna, die aufgerichtet auf dem Sofa hockt, und sagt in barschem Ton zu ihr: »Hierbleiben! Die Alte in die Küche. Und dann Tempo!«

Die Schlafzimmertür fällt ins Schloß. Johanna bleibt, ohne sich zu rühren. Sie hört Türschlagen und das Knallen von Schubfächern. Geschirr klirrt, ein Zeitungspacken klatscht zu Boden. Die Ledermäntligen rufen sich etwas zu, einer lacht auf. Die Stimmen der Großeltern sind nicht dabei.

Paulchen beginnt sich unter dem mit einem Tuch verhängten Vogelbauer zu regen. Er piepst leise und in langen Abständen, dann hört es sich an wie Plustern und Putzen. Johanna hat das noch nie erlebt.

»Paulchen«, sagt Johanna leise, »Paulchen, ich bin da! Du brauchst dich nicht zu fürchten!« Sie horcht zum Zimmer.

Paulchen piepst leise.

»Warte«, sagt Johanna, »gleich decke ich dich auf.«

Die Schlafzimmertür wird aufgerissen. Der Hutmann kommt herein. Er beugt sich zu Johanna und tätschelt ihre Wange.

»Nun wollen wir mal schön brav sein und die Wahrheit sagen!« Johanna starrt den Mann an. Warum setzt er den Hut nicht ab? Er steht vor ihr, wie man auf der Straße geht. Es muß geregnet haben, auf der Hutkrempe sind Tropfen. Das Leder des Mantels glänzt. Johanna rückt zurück. Es ist ihr unangenehm, von dem Mann berührt zu werden.

»Nun mal raus mit der Sprache!« sagt der Mann. »Wo ist deine Mama?«

Jetzt lächelt der Mann nicht mehr. Er streichelt sie auch nicht, sondern hat die Arme auf dem Rücken verschränkt und wartet auf Johannas Antwort.

»Na«, sagt er auffordernd. »Wo ist sie?«

»Ich weiß nicht«, sagt Johanna.

»Du weißt nicht?« Der Mann beugt sich zu ihr. »Du sagst, du weißt nicht, wo deine Mutter ist?« Die Stimme ist drohend. Johanna blickt den Mann an, sie sieht ihm genau in die Augen. Wer sich verstellt, kann nämlich niemandem in die Augen sehen. Sie will, daß er nichts davon spürt. Deutlich und laut wiederholt sie es: »Ich weiß nicht, wo meine Mutter ist!«

»Du kleine Kröte«, sagt der Mann wütend, »lügst mir ins Gesicht, ohne rot zu werden! Aber wir bekommen das auch anders heraus, keine Sorge!«

Er setzt sich auf den Bettrand und hebt mit den Schuhspitzen den Bettvorleger hoch. Dann zieht er die Nachttischkästen heraus. Er betrachtet interessiert das Fieberthermometer. Johanna beobachtet den Mann. Dann fällt ihr ein, daß sie das Handtuch von Paulchens Vogelbauer nehmen wollte. Sie sucht nach ihren Hausschuhen. Sie sind natürlich weg. Immer verstecken sie sich nachts. Sie bückt sich, um unter dem Sofa nachzusehen. Natürlich, ganz hinten im Dunkeln liegen sie. Johanna legt sich lang.

»Was suchst du?« fragt der Mann mißtrauisch. Er bückt sich, um auch unter das Sofa sehen zu können.

»Meine Hausschuhe!« sagt Johanna erstaunt.

»Keine Sperenzchen!« sagt der Hutmann.

Johanna läßt die Schuhe da, wo sie sind, und will barfuß zum Vogelbauer gehen.

»Sitzen bleiben!« kommandiert der Hutmann.

Johanna hockt sich wieder hin. Etwas später kommt ein anderer Mann und tuschelt mit dem Hutmann.

Der Mann sieht auf Johanna und grinst.

Johanna erschrickt.

»Na klar«, sagt der Mann, »wie immer.«

Johanna starrt ihn an. Was denken sie sich aus? Sie hat nichts gesagt. Sie hat nur leise gedacht, das können sie nicht gemerkt haben. Gedachte Worte sind unhörbar.

Johanna schluckt. Sie will auch die gedachten Worte zurückdrängen, es gibt kein Wort, das Zickzackviertel heißt, Johanna hat es nie gehört, sie weiß nichts.

Und wenn die Männer es trotzdem wissen? Wenn sie so tun, als ob Johanna etwas verraten hat, und damit die Großeltern erschrecken? Johanna muß aus dem Schlafzimmer. Sie muß zur Großmutter und wissen, was die Männer vorhaben.

Plötzlich hat sie eine Idee.

»Ich muß mal!« sagt sie laut.

»Halt es an!« sagt der Hutmann brummig.

Johanna rutscht hin und her. »Ich kann nicht!« sagt sie. »Ich muß ganz sehr!«

Der Hutmann sieht auf Johanna, die ein ängstliches Gesicht macht und loszuheulen droht.

Der Hutmann wird unsicher.

»Zisch ab!« sagt er schließlich. »Aber beeil dich.«

Johanna springt vom Sofa. Nebenan sitzt der Großvater auf einem Stuhl. Um ihn herum auf dem Boden verstreut liegen Papiere und Bücher, eine Tischdecke, ein umgestürzter Blumentopf dazwischen, aus dem die Erde quillt. Die Türen des Geschirrschrankes stehen offen, alle Schubladen sind aufgezogen. An der Wand lehnt ein Mann mit einem dunkelblauen Anzug und weißem Kragen, den Johanna bisher noch nicht gesehen hat. »Herr Oberstaatsanwalt«, sagt der Großvater zu diesem Mann, »ich kann Ihnen wirklich nicht mehr sagen, glauben Sie mir doch!«

»Quatsch nicht!« sagt der Ledermäntlige, der mit verschränkten Armen hinter dem Großvater steht. »Das Kind hat längst alles gesagt.«

»Opa, er lügt!« schreit Johanna. »Ich habe nichts gesagt!«

Der Oberstaatsanwalt steht auf. Der Ledermäntlige ist mit drei Sätzen bei Johanna und stößt sie aus dem Zimmer.

»Du raffiniertes Aas!« sagt er wütend.

Johanna fliegt durch den Türrahmen in Richtung Küche, der Großmutter direkt in die Arme. Die hält Johanna fest.

»Ich habe nichts gesagt!« flüstert Johanna an ihrem Ohr. Die Großmutter drückt sie noch fester.

»Alles Lüge!« schreit der Hutmann aufgebracht. »Abgemachtes Spiel! Mitnehmen das rote Pack, einbuchten! Alle! Euch wird noch Hören und Sehen vergehen.«

Nun müssen alle drei ins Wohnzimmer, der Großvater, die Großmutter und Johanna, und zusehen, wie die Polizisten gründlich Ordnung schaffen. Damit ist gemeint, daß sie in alle Schubladen und Schränke und Regale sehen, ob irgend etwas versteckt ist, was man nicht verstecken darf. Sie öffnen sogar die Standuhr und schauen hinter das Uhrwerk. Aber auch in der Uhr entdecken die Polizisten nicht, was sie suchen. Schließlich ist die Mutter nicht das siebente Geißlein aus dem Märchen!

Sie müssen sich alle anziehen, weil sie mit aufs Polizeipräsidium zum Verhör sollen.

Die Großmutter holt eine Jacke für Johanna und bittet darum, ein paar Frühstücksbrote machen zu können. Die Jacke darf sie mitnehmen, die Brote haben Zeit, meint der Hutmann und treibt sie zur Eile an. Als die Großmutter abschließt, fällt Johanna Paulchen ein. Er sitzt unter dem verhängten Vogelbauer und hat noch kein Wasser und kein Futter bekommen.

»Nichts da!« sagt der Hutmann und versperrt Johanna den Weg.

»Bis Mittag sind wir zurück«, tröstet die Großmutter.

Johanna muß die Treppe hinuntersteigen und in die Grüne Minna klettern, die vor dem Haus wartet. Die Grüne Minna ist das Polizeiauto. Sie sieht aus wie ein Lieferwagen, hat ein vergittertes Fenster und hinten ein Trittbrett. Drinnen sind Holzbänke, auf denen sie Platz nehmen. An jeder Seite sitzt ein Polizist. Der Mann, den der Großvater mit Oberstaatsanwalt angesprochen hat, fährt mit einem schwarzen Auto davon.

Beim Einsteigen blickt sich Johanna noch einmal zum Haus um. Im Erdgeschoß bewegt sich eine Gardine. Die übrigen Mieter schlafen wohl noch. Nur eine alte Frau mit einem hochrädrigen Karren kommt die Straße herauf und fegt den Kehricht im Rinnstein zusammen. Sie blickt zu dem Polizeiwagen und wartet mit ihrem Wägelchen, bis das Auto angefahren ist. Johanna streift den Blick der fremden Frau und denkt: Sie schaut zu mir wie zu etwas Schlimmem.

Das Auto fährt an. Johanna kann nicht erkennen, welchen Weg sie nehmen.

Das vergitterte Fenster ist zu hoch für sie. Die Großeltern müßten sich recken, um etwas zu erspähen. Sie tun es nicht, sondern sitzen schweigend neben ihr.

Die Fahrt dauert nicht lange. Sie werden aus dem Wagen geholt und in ein rotes Gebäude geführt. Im Innern befinden sich Säulengänge mit langen Korridoren und vielen Türen zu beiden Seiten. Manchmal öffnet sich eine, ein Uniformierter mit einem Aktenbündel unter dem Arm erscheint. Er blickt sie nicht an, sondern geht achtlos vorbei.

Der Hutmann schließt ein Zimmer auf, es ist ein Büro mit Schreibtischen, Telefonen, Aktenschränken und Stühlen. Sie müssen an der Fensterseite Platz nehmen und warten. Die Uhr über der Tür zeigt gerade Viertel vor sieben.

Durch das vergitterte Fenster sieht Johanna auf einen Innenhof. Er wird von einer Mauer begrenzt. An ihrer oberen Kante stecken Glasscherben, eine dicht an der anderen.

Johanna rückt näher zur Großmutter. »Guck mal, die Mauer!« flüstert sie erschrocken.

»Da!« sagt Johanna und deutet auf das Fenster in ihrem Rücken. »Dreh dich mal um!«

Die Großmutter sieht hin. Auch der Großvater dreht sich um.

»Das ist immer so in Polizeigebäuden«, sagt er, »du mußt dich nicht darum kümmern. Wir haben nichts getan.«

Johanna blickt woandershin. Über ihr tickt die Uhr. Langsam kriecht der Zeiger auf die Sieben zu. Jetzt müßte sie aufstehen, ins Badezimmer gehen, um sich die Zähne zu putzen und sich zu waschen. Die Mutter müßte rufen: »Hannele, eil' dich! Das Frühstück ist schon fertig!« Die Tür würde klappen, in der Wohnung unter ihr würden mit einem langen Rasseln die Rolläden hochgezogen werden. Wie lange das her scheint. Dabei war es noch gestern früh so.

Und auch jetzt, zur gleichen Zeit, jenseits der Mauer mit den spitzigen Scherben ist es wie immer. Die Sonne steigt, auf den Straßen fahren Autos und Trambahnen. Kinder rennen zur Schule, die Schultaschen schlagen gegen die Schultern, Gelärm und Gelächter dringt über den Schulhof, bis die Glocke die erste Stunde einläutet, sie in die Klassenräume poltern, die Mappen unter die Bank schieben, die Tür aufgeht und der Lehrer hereinkommt. Was ist heute für ein Tag? Mittwoch? Dann hat Johannas Klasse in der ersten Stunde Rechnen bei Frau Merkel. Die Lehrerin wird über die Schulbänke schauen und feststellen, daß am Fenster ein Platz leer ist. Wo ist Johanna, wird die Lehrerin fragen. Ist sie krank? Wer weiß Bescheid? Niemand wird etwas wissen.

»Oma«, sagt Johanna, »schreibst du mir eine Entschuldigung?"

Die Oma stutzt. »Natürlich«, sagt sie dann, »morgen bekommst du einen Zettel mit in die Schule.«

»Oma«, sagt Johanna leise, »und wenn wir hierbleiben müssen?«

»Unsinn!« sagt der Großvater. »Was sollen sie mit uns anfangen? Sie vertun nur die Zeit mit uns! Wir haben nichts getan.«

»Ja?« sagt Johanna und ist ein bißchen beruhigt, weil der Großvater sie so ruhig anblickt und lacht wie immer.

Gegen acht werden die Großeltern vor den Staatsanwalt in ein anderes Zimmer geführt. Johanna bleibt mit dem Hutmann allein. Er setzt sich auf den Schreibtisch, baumelt mit den Beinen und sagt: »Ich höre . . .!« Johanna sieht am Gesicht des Mannes vorbei und schweigt. Der Hutmann trommelt mit den Fingerkuppen auf die Schreibtischplatte. »Na«, sagt er fordernd, »na, wird's bald?« Johanna blickt auf die lindgrün gestrichene Wand, die oben zur Zimmerdecke hin einen schmalen weißen Streifen hat.

Der Hutmann wird ungeduldig. Er wiederholt seine Fragen, wird lauter, droht, schreit. Aber Johanna schweigt. Sie blickt starr auf die Wand und schweigt.

Da kann der Hutmann nichts machen. Er schimpft sie ein ganz verstocktes Biest; er ist der festen Überzeugung, daß Johanna alles noch sehr bereuen würde, denn ihm könne sie auf jeden Fall die Wahrheit sagen. Johanna ändert ihre Haltung nicht. Sie weiß, solange sie den Mund fest zuhält, kann ihr auch das Wort »Zickzacksiedlung« nicht entschlüpfen.

Der Hutmann verliert schließlich das Interesse an Johanna. Er bringt sie ein Stockwerk tiefer zu den Küchenfrauen. Hier soll Johanna bleiben, bis man sie wieder abholt. Und wehe, sagt er drohend, sie versuche, frech zu werden. In der Ecke auf dem Schemel habe sie zu sitzen und sich nicht von der Stelle zu rühren! Johanna setzt sich. Die Frauen, die Gemüse putzen und Kartoffeln schälen, schauen mitleidig zu ihr herüber. Eine bringt ihr ein Frühstücksbrot und einen Topf Tee. Sie versuchen, Johanna auszufragen, und Johanna antwortet einsilbig mit »Ja« oder »Nein«, bis die Frauen die Lust verlieren und sich lieber untereinander etwas erzählen. Johanna scheint es, als ob viele Stunden vergehen.

Ob die Sonne schon ums Haus gekommen ist und ins Schlafzimmer scheint? Wieviel Uhr mag es sein?

Irgendwann ziehen die Frauen ihre Kittelschürzen aus und haben Feierabend. Die zweite Schicht kommt. Wieder wird Johanna mitleidig angesehen und gefragt. Wieder bringt eine der Frauen etwas zu essen, diesmal einen Teller Suppe. Johanna ißt ihn hastig. Sie rechnet damit, gleich abgeholt zu werden.

Die Tür öffnet sich viele Male. Essenkübel werden geholt und wieder gebracht, Teller klappern. Aber nie wird nach Johanna gefragt. Weder der Hutmann noch einer der anderen Ledermäntligen kommen zurück. Johanna sitzt auf ihrem Schemel in der Ecke und starrt zur Tür. Die Angst, vergessen zu werden, wächst in ihr. Was ist, wenn bis zum Abend niemand kommt und sie hier herausholt?

Ihre Klassenkameraden sind längst aus der Schule heimgekommen. Vielleicht klingelt jemand an ihrer Tür und will sie zum Spielen abholen? Aber niemand wird öffnen, und das Piepsen von Paulchen wird nicht bis zum Flur dringen.

Vielleicht sind die Großeltern längst entlassen und daheim? Sie suchen nach Johanna und wundern sich, daß sie nicht auf dem Hof spielt oder bei der Nachbarin wartet. Vielleicht hat man vergessen, den Großeltern zu sagen, daß sie Johanna mitnehmen müssen? Johanna kann nicht wissen, daß in einem Zimmer im anderen Teil des Gebäudes noch immer und immer wieder das gleiche gefragt wird. Die Schreibmaschinen hämmern Berichte über jede Frage und jede Antwort. Die Großeltern werden einzeln vernommen. Der Großvater, ein ruhiger und besonnener Mann, erklärt auch nach vielen Stunden, von nichts zu wissen. Seine Tochter sei eine erwachsene Person, und er könne unmöglich über jeden ihrer Schritte unterrichtet sein. Er weiß nicht, wo sie ist.

Die Großmutter ist nicht so ruhig wie ihr Mann. Sie denkt an Johanna und macht sich Sorgen. Ihre Antworten werden immer erregter. Nachmittags um vier ist sie am Ende ihrer Kräfte.

»Was wollen Sie denn noch?« schreit sie verzweifelt und verliert endgültig die Beherrschung. »Glauben Sie allen Ernstes, ich würde meine Tochter verraten? Nie im Leben würde ich Ihnen sagen, wo sie sich aufhält, niemals, und wenn Sie mich tagelang quälen! Ich verrate nichts!«

Der Staatsanwalt klappt seine Mappe zu und sagt zufrieden: »Na, bitte schön. Damit können wir Sie einstweilen in Untersuchungshaft nehmen. Sie sind verhaftet!«

Der Vater Johannas ist um diese Zeit auch schon verhaftet und im gleichen Polizeigebäude, ein Stockwerk höher als die Großeltern, zum Verhör. Er wird ebenfalls eingesperrt bleiben.

Es ist inzwischen Abend geworden. Irgend jemand erinnert sich, daß mit den beiden Großeltern und dem Vater auch ein Kind ins Präsidium gebracht wurde. Man schickt in die Küche und findet Johanna auf jenem Schemel. Sie ist mit dem Rücken an die Wand gerückt, der Kopf liegt seitlich, sie schläft. Als man sie aufweckt, kann sie sich nicht zurechtfinden, sie ist verstört und verschreckt und spricht unverständliches Zeug. Man schaut in den Akten nach und entdeckt die Adresse der anderen Großeltern, der Eltern des Vaters, die in der Nähe Frankfurts in einem Vorort in der Holzhaussiedlung wohnen. Dorthin wird Johanna am späten Abend gebracht. Die Oma Frieda ist erstaunt, so spät am Abend ein schluchzendes Kind in den Arm gedrückt zu bekommen. Die Polizisten geben keine Auskunft. So packt sie Johanna in ihr Bett und versucht, sie zu beruhigen. Johanna redet lauter wirres Zeug.

Am nächsten Vormittag erklärt sich allmählich, was vorgefallen ist. Keiner kennt die genauen Gründe. Aber die anderen Großeltern, die Oma Frieda und Opa Willy genannt werden, begreifen so viel, daß Johanna allein ist und sie sich, solange die anderen in Untersuchungshaft festgehalten werden, um sie kümmern müssen. Noch am Vormittag fährt Oma Frieda mit ihr zur Wohnung der Großeltern.

Eine Nachbarin öffnet ihnen. Johanna geht sofort ins Schlafzimmer und zieht das Tuch vom Vogelbauer. Paulchen lebt, aber er ist sehr schwach. Er reißt den Schnabel auf und japst. Johanna holt Wasser. Der Vogel trinkt gierig.

Die Oma packt ein paar Sachen zusammen. Johanna bekommt den Schulranzen auf den Rücken geschnallt, sie wird einstweilen bei den Verwandten in der Vorstadt wohnen. Johanna nimmt das Vogelbauer hoch. Die Oma Frieda will es erst nicht, aber wo soll sie das Tier hingeben? Schließlich darf Johanna es mitnehmen. Auf dem Flur steht die Nachbarin und blickt neugierig in die Wohnung.

»Ist was passiert?« fragt sie. »Verreist die Kleine?«

Die Oma Frieda macht eine ausweichende Bemerkung. Sie verschließt ruhig die Tür und behält den Wohnungsschlüssel. Dann gehen sie eilig die Straße hinunter. Johanna trägt das Vogelbauer, sie hält es mit beiden Armen vor der Brust. Die Oma Frieda trägt das Köfferchen, das am Vortage noch die Großmutter in der Hand hielt. Johanna sieht auf Paulchen. Er lebt, und das begreift Johanna. Alles andere, was seit dem gestrigen Nachmittag passiert ist, versteht sie nicht.

3

Johanna wird von nun an in der Holzhaussiedlung wohnen, am Rande der Stadt, wo die Häuser Gärten haben und hinter den Gärten die Wiesen und Felder beginnen.

In Oma Friedas und Opa Willys Garten gibt es Pflaumenbäume und einen Stall mit Kaninchen. Johanna füttert die Kaninchen mit Klee. Sie hält einen Grashalm durch den Maschendraht und kitzelt die Nase der Kaninchenmutter.

»Opa Willy«, sagt Johanna, »schenkst du mir so ein Kaninchen?«

»Ein Kaninchen willst du haben?« fragt der Opa Willy erstaunt. »Wozu denn das?«

»Na, zum Spielen!« sagt Johanna. Sie wird es mit nach Hause nehmen, wenn sie wieder heim darf.

»Und wo soll es schlafen?« fragt der Opa Willy. »Willst du das etwa mit in dein Bett nehmen?«

»Weißt du was«, sagt Johanna, »da baust du mir eine Kiste mit einem Guckloch, und ich mache ihm ein Bett darin, und dann verreist es mit mir in die Stadt. Mach doch, Opa, ja?«

Der Opa brummelt herum. »Wir werden sehen«, sagt er. »So ein Kaninchen fährt nicht gern Straßenbahn. Das braucht Gras und Löwenzahn. Wo willst du das hernehmen?«

»Ach«, sagt Johanna, »das findet sich.« Und sie denkt, im Stadtpark wird schon Löwenzahn wachsen. Das Karnickel bekommt sie satt.

»Stichwort Straßenbahn«, sagt die Oma Frieda, »morgen früh muß Johanna wieder in ihre Schule. Wir müssen ihr erklären, wie sie dahin kommt.« Die Oma beschreibt den Weg. Er ist gar nicht so einfach. Sie muß mit der Straßenbahn fahren, umsteigen, über die Mainbrücke fahren, an der Hauptpost hinunterlaufen, noch einmal zwei Straßen überqueren, und dann steht sie vor ihrer Schule.

»O Gott«, sagt Johanna, »da muß ich ja mitten in der Nacht aufstehen, wenn ich so einen weiten Weg habe.«

Die Oma ist nachdenklich. Soll Johanna lieber eine andere Schule besuchen hier draußen in der Holzhaussiedlung? Wer weiß, wie lange ihr Aufenthalt dauern wird.

»Weißt du was«, sagt sie, »wir versuchen es. Morgen fahre ich mit dir den Weg, und den nächsten Tag findest du es bestimmt allein. Du bist doch schon ein großes Mädel.«

Johanna nickt. Sie ist ein großes Mädchen.

So kommt es, daß Johanna am nächsten Morgen neben der anderen Oma den langen und umständlichen Weg in die Frankfurter Innenstadt nimmt, daß sie wieder ihre Schulklasse betritt, die Oma mit der Lehrerin spricht und sie auf die erstaunten Fragen der Mitschüler die immer gleiche Antwort gibt: »Ich war krank.«

»Was hast du denn gehabt?« will Nora Overdick wissen.

»Fieber«, sagt Johanna ausweichend.

»Hohes Fieber?« fragt Marianne Zopf.

»40 Grad, glaube ich«, sagt Johanna.

»Weißt du das nicht?« fragt Marianne Zopf.

»Doch«, sagt Johanna, »es war vierzig.«

Und dann sagt sie nichts mehr und ist schweigsam in den Pausen und im Unterricht, daß es sogar ihrer Lieblingslehrerin auffällt, die ihr zunickt und sie ermuntert, doch recht schön mitzumachen, als sie ein neues Lied lernen, das sie nächste Woche zum Aufmarsch auf dem Schulhof singen würden.

Johanna singt mit. »Unsere Fahne flattert uns voran« heißt das Lied, und die anderen haben es schon zweimal geübt, als Johanna fehlte. Nun muß sie es nachlernen.

»Johanna«, flüstert Nora an ihrem Ohr, »du hattest mir das Bild mit der siamesischen Katze versprochen. Oder das Flügelpferd. Hast du das vergessen?«

Johanna antwortet nicht. Es ist so lange her, ihr scheint, mindestens ein Jahr.

Nach der letzten Stunde, als sie ihre Mappen einpacken, erinnert Nora sie noch einmal. »Also«, sagt sie, »wie immer. Halb drei bin ich bei dir.«

»Nein«, sagt Johanna rasch, »das geht nicht.«

»Warum denn nicht?« fragt Nora.

Weil ich da nicht mehr wohne, will Johanna antworten. Aber sie weiß nicht, ob sie das sagen darf. Am liebsten würde sie wieder schweigen. Aber das geht auch nicht. Nora wartet auf eine Antwort. Also erfindet sie eine Ausrede. Das ist nicht so gut wie Schweigen, denn eine Ausrede muß man sich merken, um sich beim nächsten Mal nicht zu verplappern. Sie erfindet, daß sie zum Zahnarzt muß.

»Was du alles hast«, sagt Nora, »Fieber und Zahnschmerzen. Und überhaupt.« Und dann sagt sie ihr, daß sie gestern und vorgestern über eine halbe Stunde vergeblich bei ihr geklingelt hat und niemand geöffnet hat. »Kein Pieps war zu hören«, sagt Nora. »Totenstille!«

»Na ja«, sagt Johanna, »wo ich doch krank war. Ich hab ja immer geschlafen, wie tot.«

Damit gibt sich Nora zufrieden. Und dann verabredet sie sich ganz fest mit ihr für den nächsten Nachmittag. Sie muß ihr etwas Wichtiges zeigen, unten am Main. Darauf kommt Johanna nicht. Geheimnis.

Johanna nickt. Bis morgen ist es weit. Bis dahin wird sie eine Ausrede erfinden.

Als sie aus dem Schulgebäude tritt, wartet schon die Oma Frieda. Sie kann zu ihr rennen und Marianne Zopf und Nora stehenlassen. Wieder fahren sie die lange Straßenbahnstrecke zurück. Johanna prägt sich die Haltestellen ein, an denen sie umsteigen muß, und den

Fußweg von der Endhaltestelle bis zum Haus.

»Wiederhole noch mal!« bittet die Oma Frieda. Johanna wiederholt, alles ist richtig, die Oma ist zufrieden.

Der Nachmittag gehört wieder den Karnickelkindern. Johanna schiebt ihnen Grashalme durch den Maschendraht der Boxen, die Karnickel mampfen sie geduldig, und Johanna ist davon überzeugt, daß sie ziemlich hungrig sind. Die Oma Frieda weckt unermüdlich Pflaumen ein. Als der Opa nach Hause kommt, stolpert er über einen Eimer im Flur und schimpft. Johanna sammelt die Pflaumen ein, die den Flur entlangkollern.

Am Abend gibt es Bratkartoffeln. Zu Johannas Überraschung schmecken sie ganz anders, als sonst Bratkartoffeln schmecken. Oma Frieda gibt Kümmel daran. Johanna verzieht das Gesicht. Kümmel! Nie im Leben ißt sie Kümmel!

»Nein«, sagt die Oma Frieda entschieden, »bei uns wird gegessen, was auf den Tisch kommt, und wenn es die eigene Großmutter ist!«

Johanna starrt sie an. Der Opa sagt: »Na, na. Verschreck das Kindchen nicht.« Er schnappt sich den Eimer mit Brotresten und geht durch die Küche zum hinteren Ausgang in den Garten, Karnickel füttern.

Johanna stopft die Bratkartoffeln von einem Mundwinkel in den anderen. Die Großmutter in der Maximilianstraße hätte nicht zugelassen, daß sie sich so quälen muß. Sie wüßte, daß Johanna keinen Kümmel leiden kann. Warum muß sie diese ekligen Bratkartoffeln essen?

»Mädelchen«, sagt die Oma Frieda streng, »es hat Zeiten gegeben, da wußten wir nicht, wie eine Bratkartoffel aussieht. Sei froh, daß du zu essen hast. Bratkartoffeln sind doch nichts Schlechtes, das rutscht doch von alleine!«

»Aber der Kümmel«, sagt Johanna und macht ein Gesicht, als ob sie Schuhsohlen essen müßte.

Oma Frieda seufzt. »Oma Gertrud hat dich verwöhnt!« sagt sie. »Aber damit kommst du nicht weit.«

Was weiß denn die Oma Frieda davon, wie schwer es ist, Kümmel zu essen, wenn man den noch nie im Leben gegessen hat. Sie ist erwachsen. Da kann man leicht fremde Speisen essen. Und vielleicht hat man überhaupt einen anderen Geschmack, wenn man hier draußen in der Holzhaussiedlung wohnt.

Bevor sie zu Bett muß, übt sie mit Paulchen noch Sprechen. Paulchen ist recht träge geworden. Er beobachtet die anderen Vögel auf den Sträuchern vor dem Fenster. So nahe hat er seine Kollegen noch nie gesehen. Das bringt ihn ganz aus der Fassung. Er versucht sogar, das Tschilpen der Spatzen nachzuahmen, und Johanna hat Mühe, ihm diese Unarten wieder abzugewöhnen.

Pünktlich um halb acht muß sie zu Bett, obwohl es noch hell draußen ist. Der weite Schulweg, sagt die Oma Frieda, verlange viel Kraft von ihr, und die muß sie sich anschlafen.

In dieser Nacht träumt Johanna seltsame Sachen. Die Mutter ruft sie, ohne daß sie verstehen kann, was sie ruft, und Johanna rennt oder versucht wenigstens zu rennen, aber wie immer in ihren Träumen kommt sie nicht von der Stelle und erwacht, das Gesicht naß von Tränen. Sie richtet sich im Bett auf und muß sich erst besinnen, wo sie sich befindet. Der Opa Willy schnarcht, und im Schrank knackt es. Johanna horcht und blickt zu den beiden hinüber, die da so friedlich schlafen. Wo ist die Mutter jetzt? Was macht der Vater? Von ihm weiß sie, daß er im Gefängnis hier in der Frankfurter Innenstadt sitzt. Er wird immer noch verhört, aber sie bekommen nichts heraus aus ihm. Er macht das, was er von seiner Tochter auch verlangt hat: Er schweigt.

Am nächsten Tag macht sich Johanna allein auf den weiten Schulweg. Sie haben verabredet, daß sie den Mitschülern sagen soll, ihre Eltern seien verreist. Mehr soll sie nicht erklären, das muß genügen.

Aber an diesem Tag braucht Johanna gar keine Erklärungen. Nora Overdick scheint vergessen zu haben, daß sie Johanna ein wichtiges Geheimnis anvertrauen wollte. Weder an diesem noch an einem der nächsten Tage spricht Nora davon. Sie spricht überhaupt kaum mit ihr. Dafür ist Hildchen öfter in Johannas Nähe, Hilde, die sonst kaum Kontakt zu ihr hatte. Johanna bemerkt es, denkt aber nicht weiter darüber nach.

Eine Woche geht vorüber, eine zweite. Kein einziges Mal fragt Nora Overdick, ob sie Johanna am Nachmittag abholen darf. Am Montag der dritten Woche, als Johanna morgens die Klasse betritt, sieht sie, daß Nora nicht mehr neben ihr sitzt. Sie hat ihre Mappe eine Bankreihe weiter nach vorn gelegt. Johanna will sie fragen, was los sei, aber in diesem Moment kommt die Lehrerin, Fräulein Rebschläger, und beginnt mit dem Unterricht. Als sie über die Bankreihen sieht, bemerkt sie die Veränderung.

»Nora Overdick!« sagt sie. »Warum sitzt du nicht auf deinem Platz?« Nora Overdick antwortet nicht.

»Nora Overdick«, wiederholt die Lehrerin, »antworte, wenn ich dich etwas frage.«

Nora steht mit gesenktem Blick da. Dann blickt sie flüchtig zu Johanna und sagt: »Meine Eltern haben es mir verboten.«

»Was haben dir deine Eltern verboten?« fragt die Lehrerin.

Nora schweigt.

»Ich höre!« sagt die Lehrerin.

Da sagt Nora laut und deutlich: »Neben der da zu sitzen.«

Jetzt haben es alle gehört. Die Kinder starren Johanna an. Sie sitzt wie eine Steinfigur unter den vielen Blicken. Die Lehrerin macht ein unwilliges Gesicht.

»Und warum, Nora, darfst du nicht neben Johanna Rademacher sitzen?«

»Weil sie, weil sie ...«, sagt Nora. Und dann, mit einem Anlauf sagt sie es doch: »Weil sie eine Jüdin ist.«

Die Lehrerin räuspert sich.

»Johanna Rademacher«, sagt sie, »steh auf!«

Johanna tritt aus der Bank heraus.

»Stimmt das, Johanna?«

Es ist totenstill in der Klasse. Johanna hat noch nie erlebt, daß eine solche Stille ihr gilt. Was wollen die von ihr?

»Es stimmt nicht«, sagt sie.

Die Lehrerin schlägt das Lehrbuch wieder auf.

»Na bitte«, sagt sie. »Johanna Rademacher ist eine deutsche Volksgenossin. Zufällig wußte ich das. Die Familie ist rein arisch.«

Sie blickt hoch.

»Nora, du kannst dich wieder auf den alten Platz setzen.«

Nora setzt sich nicht. Sie ist gekränkt. Tränen schießen ihr in die Augen. Sie hat doch nur das gesagt, was die Eltern auch gesagt haben. »Aber«, beharrt sie, »warum wohnt sie dann nicht mehr zu Hause, und ihre Eltern sind auch weg, mit der da stimmt was nicht! Alle sagen das!«

»Vielleicht kann Johanna das erklären«, sagt die Lehrerin und wedelt mit dem Lehrbuch durch die Luft. Sie will endlich mit dem Unterricht beginnen.

»Meine Eltern sind verreist«, sagt Johanna trotzig.

»Das wußten wir schon«, sagt Fräulein Rebschläger. »Noch etwas?« Sie blickt von Johanna zu Nora, von Nora zu Johanna. Beide Mädchen stehen neben ihrer Bank. Die Klasse wartet. Es ist spannend, es passiert etwas.

Aber keines der Mädchen sagt ein Wort. Nora, weil sie nicht mehr weiß als Vermutungen, und Johanna, weil sie nicht mehr sagen kann. Soll sie sagen, mein Vater sitzt in Untersuchungshaft im Gefängnis, und meine Mutter ist geflohen? Meine Mutter wird nämlich von der Polizei gesucht.

Johanna beißt die Zähne zusammen und schweigt.

»Setz dich endlich, Nora!« sagt die Lehrerin ärgerlich.

Nora steht verstockt und stumm.

In diesem Moment handelt Johanna. Sie nimmt ihre Bücher und Hefte und geht zu dem freien Platz am Ende der Bankreihe. Laut sagt sie: »Ich sitz lieber allein!«

»Wie du willst«, sagt die Lehrerin. Ärgerlich blickt sie auf Nora. »Du hast dich bei Johanna zu entschuldigen!«

Nora schweigt böse.

Auch in der Pause ist es still in der Klasse. Die Mädchen machen einen Bogen um Johanna und bleiben bei Nora stehen. Nora erzählt ihnen etwas, und dann sehen plötzlich alle zu Johanna. Johanna gibt den Blick zurück. Was wollen sie von ihr?

In der Hofpause holt niemand sie zum Einkriegezeck. Johanna stellt sich mit dem Rücken an die Mauer, stemmt den Fuß dagegen und ißt ihre Brote. Sie gibt sich Mühe, möglichst unbeteiligt zu den anderen zu blicken. Einmal kommt Nora, untergehakt mit Marianne, an ihr vorbei. »Du wirst schon noch sehen«, zischt Nora und zieht die andere schnell an ihr vorbei. Sie drehen sich um und lachen gemein.

Johanna ist froh, als der Unterricht vorbei ist. Sie rennt als eine der ersten aus dem Klassenzimmer, den Korridor entlang und die Treppe zur Eingangstür hinunter. Sie rennt auch über den Vorplatz, auf die Straße hinaus, ohne sich einmal umzusehen. An der Haltestelle bleibt sie atemlos stehen. Die Bahn kommt um die Ecke. Sie beeilt sich mit dem Einsteigen, drängt an den anderen vorbei zur Wagenmitte. Die anderen Schülerinnen kommen. Zwischen den Mädchen blitzt Noras blaue Strickjacke auf. Johanna wendet den Kopf und sieht auf der anderen Seite zum Fenster hinaus.

Zu Hause sagt Johanna nichts. Sie versucht, nicht an den Vorfall zu denken. Aber schon am nächsten Morgen wird sie daran erinnert. Als sie die Klasse betritt, hören plötzlich die Gespräche auf. Alle starren zu ihr hin. Dann stecken sie die Köpfe zusammen und tuscheln miteinander. Niemand begrüßt Johanna oder sagt irgend etwas. Auch in den Pausen wird sie gemieden. Kein Gedanke daran, daß Nora sich bei ihr entschuldigen würde.

Das Schweigen dauert einige Tage. Dann, an einem Freitag, geschieht es. Am Morgen ist der erste Schnee gefallen, sehr früh in diesem Jahr. Es ist gerade erst November. Der Schnee ist noch pappig und naß, aber die Kinder denken gleich an Schneeballschlachten. Die große Pause kommt heran. Alle drängen ins Freie. Auch Johannas Klasse rennt hinaus. Das Weiße blendet. Da, wo noch keiner gegangen ist, liegt eine feine Decke über dem Kies. Die Kleineren probieren zu schlittern. Johanna sieht einem Mädchen zu, das eine Bahn glattmacht. Sie muß lachen, weil das Mädchen immer wieder ausrutscht. Johanna hat nicht bemerkt, wie Nora und ihre Freundinnen einen Ring um sie gebildet haben. Sie schließen ihn immer dichter und drücken sie in die Ecke des Hofes. Johanna versucht, unter ihren Armen durchzutauchen. Aber sie halten sie fest. Nora zischt: »Jetzt kriegst du deine Entschuldigung.« Johanna sucht nach dem Gesicht einer Lehrerin. Aber alle sind bei den Jüngeren, die herumtoben und ermahnt werden müssen. Niemand sieht, wie Johanna in die Ecke getrieben wird. Die Mädchen stellen sich dicht vor sie hin, und eine drückt Johanna an die Wand. Zwei halten ihre Arme fest, daß sie sich nicht wehren kann.

Dann sagt Nora: »So, jetzt sag die Wahrheit! Die Wahrheit, oder wir seifen dich ein!« Sie legt ihr die Hände voller Schnee an das Gesicht. Johanna will das Gesicht wegdrehen. Gleich fassen zwei Mädchen zu und halten ihren Kopf fest.

»Rede!« fordert Nora auf.

Johanna schweigt.

»Es stimmt also, daß ihr Juden seid. Es stimmt doch!« Nora klatscht ihr die zwei Hände voll Schnee an den Hals und drückt ihn fest. Johanna dreht und windet sich. Sie versucht, mit den Füßen auszuschlagen. Nora reibt immer mehr Schnee in ihren Halsausschnitt. »Schön einseifen«, spotten die Mädchen, »die stinkt so! Ih, wie die stinkt!« Sie stecken ihr Schnee in den Ärmel, knöpfen ihr den Mantel auf, schieben ihn unters Kleid.

Nora tanzt um sie herum. »Rede, sag die Wahrheit!« zischt sie. »Du wirst reden, und wenn ich dich zum Schneemann mache!« Johanna schweigt. Der Schnee läuft ihr den Hals herunter auf die Brust und über den Rücken. Es ist naß und eisig. Ein Mädchen packt ihr eine Ladung in die Manteltasche. Johannas Gesicht brennt, die Augen sind verklebt. Dann hat eine noch einen ganz besonderen Einfall. Johanna windet sich, aber die anderen sind stärker. Johanna rutscht und fällt in den Schnee. Acht Mädchen gegen eins, welche Chance hätte Johanna da gehabt?! Sie heben ihr den Rock hoch und stecken ihr auch Schnee unter die Wäsche. Dann lassen sie sie liegen und rennen blitzschnell davon. Die Schulglocke hat geläutet. Johanna steht auf und klopft sich den Schnee von der Kleidung, so gut es geht. Innen ist er getaut. Naß und zerzaust geht sie durch die Bankreihen zu ihrem Platz. »Johanna Rademacher!« ruft die Lehrerin sie auf. »Wie siehst du aus? Geh und bring dich in Ordnung!« Und, scherzhaft, zu den anderen: »Da habt ihr wohl eine hübsche Schneeballschlacht gemacht, was? Das macht Spaß, ich kenne das!« Die Mädchen lachen schadenfroh.

»Beeil dich«, fordert die Lehrerin sie auf. Johanna will widersprechen. Es war keine Schneeballschlacht, will sie sagen. Aber die Lehrerin läßt sie nicht zu Worte kommen. Johanna geht hinaus. Im Spiegel des Waschraums sieht sie ein rotes, verschmiertes Gesicht. Sie will nicht weinen, sie beißt die Zähne zusammen, so fest sie kann. Aber die Tränen laufen ihr übers Gesicht, immer mehr, immer heftiger. Sie schließt sich in eine der Toiletten ein, setzt sich nieder und weint und weint. Meine Mama, denkt sie, meine liebe, liebe Mama. Immer wieder denkt sie diesen einen Satz, dieses Wort. Mama. Allmählich versiegen die Tränen, hört sie auf zu schluchzen. Sie wischt sich die Augen aus, schließt die Tür auf und geht in den Vorraum. Sie denkt: Vielleicht gibt es einen ganz lauten Knall, und alles ist wieder wie früher. Sie sind wieder meine Freundinnen und spielen wieder mit mir. Und wenn ich nach Hause komme, ist die Mutter da. Vielleicht habe ich das alles nur geträumt?

4

Es hat die ganze Nacht geschneit. Der Schnee türmt sich an den Straßenrändern. Nur dort, wo die Menschen die Fahrbahn betreten, ist eine Art Schneegraben. Die Haltestelle der Straßenbahn gleicht einer einsamen Insel. Johanna steigt hinter einem Mann mit einem Pelzhut ein und versucht, in die Wagenmitte vorzudringen. Aber die Bahn ist um diese Zeit dicht besetzt. Johanna muß draußen auf dem Perron stehenbleiben.

Die Arbeiter von Schott & Bielefeld haben Schichtschluß, und bis zum Bahnhofsgelände im Süden bleiben die Plätze besetzt. Johanna blickt auf die Straßen hinaus. Sie fahren durch ein belebtes Geschäftsviertel. Ein Kaufhaus steht neben dem andern. Bei Tietz ist schon Winterschlußverkauf, Wertheim preist billige Gardinenstoffe an. Bei Bütz und Amelang schaukelt ein Paar silberne Pappschlittschuhe über dem Firmenschild. »Winterfreuden gleich bereiten!« steht in riesigen Lettern darüber. Neben Kaisers Kaffeegeschäft ist wieder der fliegende Händler mit dem schwarzen Frack und Zylinder. Er preist besonders billige Spitzen und Borten an. Um ihn herum stehen eine Menge Schaulustige.

Die Straßenbahn hält, und Johanna hat Muße, ihm auch zuzusehen. Der Mann hat sich auf einen Wagen mit kleinen Rädern gestellt. Vor seiner Brust spannen sich mehrere Meter weißer Spitzen. Mit der Linken hält er das aufgewickelte Ende der Spitzen hoch, mit der Rechten zieht er immer weiter davon ab, wirft die Spitze hinter sich und ruft: »Das alles kostet nicht fünf Mark, nicht vier Mark, nicht drei Mark, das kostet auch nicht zwei Mark, nein, meine Damen und Herrn, das alles kostet nicht einmal eine Mark! Das ist der ganz besondere Preis von sage und schreibe 75 Pfennig . . .« Der Mann zieht an der Spitze, die sich unendlich aufrollt, wirft sie mit einer kühnen Geste hinter sich. »Weg damit«, ruft er. Und noch einmal »Weg damit! So billig bekommen Sie es nie wieder!«

Plötzlich wird Johanna am Ärmel gezupft. Jemand flüstert: »Bleib ganz ruhig stehen.«

Johanna durchzuckt es: die Mutter! Sie dreht sich halb um. Da steht wirklich die Mutter neben ihr. Ganz nah. Streichelt sie und flüstert mit ihr. Aber wie sieht sie aus! Sie ist vollkommen verändert. Statt der früher über den Ohren zu Schnecken aufgesteckten und glatt gescheitelten Haare trägt sie jetzt eine modische kurze Frisur. Ihre Augen sind von einer Brille verdeckt. Statt der üblichen sportlichen Wolljacke trägt sie einen eleganten Wintermantel mit Pelzkragen, auf dem Kopf ein Pelzhütchen schräg über dem einen Ohr, wie es die Schaufensterpuppen aufhaben. Von weitem hätte sie diese Frau niemals für ihre Mutter gehalten. Aber sie ist es. Johanna erkennt es an der Stimme, am Streicheln. Sie bleibt drei Haltestellen lang bei ihr.

»Mein Schatz«, flüstert sie. »Gut siehst du aus. Wie geht es daheim? Alles in Ordnung?«

»Ja«, flüstert Johanna zurück. »Wo bist du? Kommst du bald?«

»Mach dir keine Sorgen. Wir sehen uns bald. Sei tapfer. Ich verlaß mich auf dich, hörst du?«

»Ich mach schon«, sagt Johanna, »du brauchst nicht zu denken, daß ich heule.«

»Ich weiß«, sagt die Mutter, »du heulst nicht.«

»Ich hab eine Puppe zu Weihnachten bekommen, die heißt Lilo.«

»Ich hab auch noch was für dich«, sagt die Mutter und steckt ihr ein kleines Päckchen zu.

»Moment bitte!« sagt da ein untersetzter Mann und schiebt sich an ihnen vorbei. Er will aussteigen. Für einen Augenblick werden beide getrennt, aber dann spürt Johanna wieder den Atem der Mutter hinter sich.

»Grüß alle, die Oma, den Opa. Sie sollen sich keine Sorgen machen. Ich bin gut untergekommen.«

Johanna wird für einen Augenblick fest an den Mantel der Mutter gedrückt.

Der Schaffner ruft: »Beim Einsteigen beeilen, bitte!«

Bimmelnd fährt die Bahn ab.

Johanna dreht sich um. Ein fremder junger Mann steht hinter ihr. Sie drängelt sich durch die auf dem Perron stehenden Fahrgäste zur

anderen Fensterseite durch. Autos fahren vorbei, Droschken, Pferdefuhrwerke. Eine Menge Leute laufen den Bürgersteig entlang. Elegante Damen mit Pelzhütchen sind auch dabei. Wo ist die Mutter? Johanna kann sie nicht erkennen. Sie drängt sich zur anderen Fensterseite durch. Auch dort ist keine Spur von der Mutter zu entdekken.

Enttäuscht bleibt Johanna auf dem Perron stehen. Später setzt sie sich ins Wageninnere. Die Südvorstadt ist erreicht. Die Häuser treten zurück, die Parks und Villenviertel beginnen. Hat sie geträumt? In der Manteltasche spürt sie das flache Päckchen. Sie wagt nicht, es herauszuholen, sondern hält die Hand darüber, bis sie die Endhaltestelle erreicht hat und aussteigt. Sie rennt die Straße entlang zum Haus von Oma Frieda, so rasch sie nur kann.

»Oma, Oma!« ruft sie durchs Haus und reißt die Küchentür auf.

»Ich hab die Mama gesehen, die Mama, die Mama!«

Die Oma starrt sie an wie einen Geist. Johanna fällt ihr um den Hals und schreit es noch einmal.

»Kind«, sagt die Oma, »beruhige dich doch!« Sie schüttelt sie sanft, bis Johanna still wird und ihr berichten kann. Erst will sie es nicht glauben.

»War es wirklich die Mama?« fragt sie immer wieder. »Hast du sie nicht verwechselt?« Johanna schüttelt den Kopf. Es war die Mutter. Als Beweis holt sie das Päckchen aus der Manteltasche. Als sie es auswickelt, kommt eine klebrige schwarze Masse zum Vorschein. Früher muß das eine Figur aus Schokolade gewesen sein. Aber weil Johanna die ganze Straßenbahnfahrt die Hand fest darüber gehalten hat, ist sie zerschmolzen und zwischen dem Silberpapier breitgedrückt. Nur der Zylinder aus Lackpapier ist fast unversehrt. »Glaubst du es nun?« fragt Johanna. Die Oma nickt. Ein paar Tränen rollen ihr über die Wange.

Als der Opa Willy heimkommt und hört, was geschehen ist, ist er nicht begeistert.

»So ein Leichtsinn!« sagt er. »Was da alles hätte passieren können!«

»Was soll passieren?« fragt Johanna.

»Wenn jemand sie erkannt und die Polizei gerufen hätte, säße sie jetzt dort, wo schon dein Vater sitzt.«

»Ach was«, sagt Johanna, »meine Mama kriegen sie nicht.«
»Außerdem«, fährt Opa Willy fort, »bringt sie dich und uns in Gefahr.«
»Warum«, fragt Johanna, »bringt sie uns in Gefahr?«
»Weil wir doch gar nichts von ihr wissen dürfen!« Der Großvater ist erregt. »Wenn euch jemand beobachtet hat«, erklärt er, »dann sagen jetzt alle, wir verstecken sie! Wir wissen, wo sie sich aufhält!«
»Sie wollte das Kind nur sehen«, lenkt die Oma ein.
»Und nun? Nun heult das Kind das Kopfkissen naß, weil es wieder an die Mutter denken wird.«
Der Opa kann sich gar nicht beruhigen. Die Oma versteht und verzeiht.
»Aber«, sagt Johanna, »es ist doch meine Mutter! Warum darf ich sie denn nicht sehen?«
Der Opa steht am Küchenfenster und schaut in den verschneiten Garten.
»Es ist sehr kompliziert, und du bist noch sehr klein«, sagt er.
Johanna widerspricht: »Ich bin nicht klein!«
Die Oma lächelt. »Nur ein bißchen klein«, sagt sie, »und bald nicht mehr.«
Opa Willy klopft an die Fensterscheibe, damit die Spatzen wegfliegen und die Kohlmeisen an das Futterhäuschen heran können.
»Jedenfalls«, sagt er dann, »jedenfalls wissen wir nun, daß deine Mutter lebt, Johanna!«
Johanna beginnt zu erzählen, wie seltsam sich die Mutter verkleidet hatte. Sie beschreibt genau, und die Großeltern müssen lachen, als sie von der kolossalen Veränderung erfahren, die mit der Schwiegertochter vor sich gegangen ist. Johanna beschreibt und erklärt, und ein bißchen erfindet sie auch dazu, zum Beispiel den Muff aus schwarzem Pelz, den die Mutter eigentlich nicht bei sich hatte. Johanna erfindet ihr einen schwarzen Muff mit glänzenden Spitzen, und der soll sie an der Hand gekitzelt haben wie eine Hundeschnauze.
In dieser Nacht träumt Johanna nach langer Zeit wieder von der Mutter. Sie sieht sie deutlich vor sich. Sie hört ihre Stimme. Johanna kann nicht wissen, daß zur gleichen Stunde, in der sie angenehme Träume hat, die Mutter einen gefährlichen Weg geht.
In dieser Nacht flieht die Mutter endgültig aus Deutschland. Bis-

her hat sie sich, versteckt von entfernten Verwandten, noch tageweise in der Stadt Frankfurt aufgehalten. Sie suchte Kontakt zu Genossen ihrer Gruppe. Sie wollte wissen, ob wirklich alle verraten und verhaftet worden waren. In ihrer Tasche steckte ein Teil des Geldes, das die Organisation »Rote Hilfe« gesammelt hatte (ihr gehörten Mutter und Vater an). Dieses Geld wollte sie übergeben. Aber an wen? Und wo?

Sie konnte zu diesem Zweck nicht einfach an einer Haustür klingeln und sagen: »Guten Tag, ich bin Lene Rademacher und möchte das restliche Spendengeld übergeben.«

Wenn sie bei einer solchen Handlung beobachtet worden wäre, wäre sie verhaftet und ins Gefängnis gebracht worden. Deshalb veränderte Lene Rademacher ihr Äußeres, trug andere Kleider, schnitt sich die Haare ab, setzte einen Hut auf. Aber sie hatte kein Glück. Sie fand keinen Genossen ihrer Gruppe. Alle waren entweder verhaftet oder bereits ins Ausland geflohen. So beschloß sie nun, ebenfalls in Sicherheit zu bleiben.

Ihr sehnlichster Wunsch, einmal noch Johanna sehen und sprechen können, war in Erfüllung gegangen. Am gleichen Abend brachte ein Verwandter sie mit einem Beiwagenmotorrad zur französischen Grenze. Durch eine offene Stelle in der Friedhofsmauer, die sie schon ein paarmal in den letzten Wochen während ihrer Grenzgänge benutzt hatte, entkam sie. Es war eine kalte, windige Nacht. Das Wetter begünstigte die Flucht. Als sie den dahinterliegenden Wald auf Knien und Händen durchkrochen hatte, atmete sie auf. Jetzt war sie in Frankreich.

Das war die Zeit, als sich in der Holzhaussiedlung die ersten Hähne schüchtern und verschlafen rührten. Hinter den Rolläden der Familie Rademacher war es noch still. Die Großeltern schliefen, Johanna schlief, und unter dem linken Zelluloidarm der Puppe Lilo klemmte das silberne Einwickelpapier des Schokoladenschneemannes.

6

Wochen und Monate vergingen. Johanna wurde endlich in die Schule in der Holzhaussiedlung umgeschult. Sie hat drei neue Freundinnen gefunden. Sie heißen Ida, Hermine und Lisa. Nachmittags, wenn die Schule aus ist, gehen sie oft zur Wiese am Kleinhesseloher Wehr. Sie haben eine Decke mitgebracht, die sie im Gras ausbreiten. Die Sonne brennt heiß vom Himmel, es ist Juni.

Auf dem Bauch, mit der Hand nach der Fliege schlagend, liegt Johanna. Links von ihr kniet Ida. Rechts von ihr hocken Hermine und Lisa. Lisa hat ein Buch auf den Knien, das heißt »Deutsche Sagen«. Daraus liest sie vor. Eben haben sie die Geschichte vom Rübezahl begonnen, die ist schön gruselig. Zur Zeit lieben die Mädchen nämlich unheimliche, gruselige Geschichten. Es kann gar nicht gruselig genug zugehen. Wenn eine Stelle besonders schlimm ist, dann kommt es vor, daß Ida ganz leise sagt: »Es raschelt!«

»Wo?« fragt Hermine.

»Dahinten!« sagt Ida.

Lisa läßt das Buch sinken und horcht.

»Am Wehr!« sagt Ida.

»Ich hör nichts«, sagt Johanna.

»Dann mußt du eben mal ganz leise sein!« sagt Ida.

Ida hört solche Geräusche immer zuerst. Sie hat die feinsten Ohren. Die Mädchen sitzen reglos und lauschen. Johanna läßt die Fliege über ihren Hals wandern und rührt sich nicht.

»Ich höre aber nichts!« sagt sie.

»Doch«, widerspricht Hermine, »dort drüben.«

Sie sehen alle in die angegebene Richtung. Das Gras, in dem sie liegen, ist so hoch wie sie selbst. Die Halme wiegen sich leicht. Die Kamille duftet.

»Hört ihr es immer noch nicht?« flüstert Ida.

Hermine nickt. Jetzt hat sie es auch gehört. Es sind Schritte, die immer näher kommen.

»Man müßte doch was sehen!« gibt Lisa zu bedenken.

»Er kriecht auf dem Bauch lang«, erklärt Ida.

Lisa winkt ab. Auf dem Bauch! Wozu denn das? Immer will Ida sie erschrecken. Sie bebt wie Zittergras vor Angst.

In diesem Augenblick hörten sie es alle vier. Es knackt ganz nahe bei ihnen. Lisa fährt hoch. Die Wiese liegt still und menschenleer. Bis zum Wehr nur Gras mit Kamille und Klee.

Da hat Johanna eine Idee. Sie hebt die Decke an, auf der Ida gesessen hat. Ein trockener Ast kommt zum Vorschein. Triumphierend hält Johanna ihn hoch. Da haben sie die Schritte, die immer näher kommen. Nichts weiter als ein trockener Ast war es. Zufrieden breitet sie die Decke wieder aus und legt sich auf den Bauch.

Lisa klappt das Buch auf und liest weiter vom Rübezahl, der über die Berge wandert und die Leute erschreckt.

Manchmal liegen sie nur so da und dösen vor sich hin. Lisa mit ihren zarten Fingerspitzen krault Johanna auf dem Rücken, Johanna schnurrt wie eine Katze und sagt höchstens: »Mehr links!« oder »Mehr zur Mitte!«

Dann krault Lisa mehr links oder mehr zur Mitte. So könnte Johanna stundenlang liegen und gestreichelt werden.

Dann üben sie ein bißchen Turnen. Sie machen Brücke und Kopfstand, und Hermine kann, ohne zu zittern, vier Minuten auf dem Kopf stehen. Sie bewundern sie sehr, und Hermine sagt: »Das bißchen Kopfstehen, das ist doch puppenleicht!«

Wenn sie Durst bekommen, gehen sie zum Zufluß des Wehrs, einem klaren, sehr kalten Bach. Sie knien sich an den Rand der Böschung und schöpfen mit der hohlen Hand Wasser. Einmal hat Ida einen Frosch verschluckt. Es kann aber sein, daß es nur eine Mücke war. Sie sagt aber, es sei ein Frosch gewesen.

Wenn es regnet und sie nicht auf der Wiese am Wehr liegen können, sind sie bei Lisa zu Hause. Sie hat ein eigenes Zimmer, in dem auch ein Klavier steht. Jeden Tag muß Lisa eine Stunde Klavierspielen üben. Sie will nicht, aber sie muß. Der Vater, ein Musikprofessor, möchte, daß seine Tochter Klavier spielen lernt. Lisa sagt, wenn sie einen Bruder hätte, dann könnte der das Klavierspielen lernen, und der Vater wäre zufrieden. Leider hat Lisa keinen Bruder, und der Vater richtet alle Hoffnungen auf die Tochter.

Wenn Lisa fertig mit dem Üben ist, sortieren sie Zigarettenbildchen. Lisa hat eine Zigarrenkiste voll mit Schauspielerfotos. Die Damen sind geschminkt und lächeln. Die Herren haben Scheitel und lächeln nicht. Sie spielen das Spiel »Verheiraten«. Hermine sagt, die Schwarzhaarigen müßten einen schwarzhaarigen Mann bekommen und die Blonden einen blonden. Aber Ida findet das langweilig. Sie geht nach dem Ausdruck, sagt sie. Sie sieht ihnen in die Augen, und dann erklärt sie: »Der da ist gern lustig. Er braucht eine Frau, die lacht.«

Johanna sortiert nach Vornamen, das findet sie besser. Klara paßt zu Klaus und Luise zu Ludwig.

Lisa schüttelt den Kopf. »Schauspieler sind nicht verheiratet!« erklärt sie. »Die verlieben sich jedesmal in einen anderen. Es kommt immer auf den Film an, in dem sie gerade spielen sollen.« Die Freundinnen sind unschlüssig. Lisa zuckt die Schultern. Sie weiß es genau, sagt sie.

Das Spiel beginnt von vorn. Jetzt denken sie sich Filme aus, in denen diese und jene zusammen spielen. Das sind dann immer Liebesfilme mit Heiraten.

Der Sommer geht vorüber, eines Morgens liegen dicke Nebel über den Straßen. Es ist Herbst. Die Spiele am Wehr fallen aus, die Nachmittage in Lisas Zimmer werden ausgedehnter. Jetzt müssen sie schon Lampenlicht brennen, wenn sie am Tisch sitzen.

Eines Tages, als der Unterricht beginnt, ist Lisa nicht auf ihrem Platz. Auch am nächsten und übernächsten Tag fehlt sie. Die Lehrerin will wissen, ob Lisa krank sei. Die Mädchen wundern sich. Lisa sah nicht krank aus. Als sie auch am vierten Tag ohne Erklärung fernbleibt, gehen Ida, Hermine und Johanna nachmittags zu ihrer Wohnung. Ida klingelt an der Wohnungstür.

Niemand öffnet. Hermine legt das Ohr an die Türfüllung. Sie kann nichts hören. Dann entdecken sie das kreisrunde grüne Siegel über dem Türschloß. Ida entziffert die Aufschrift »Geheime Staatspolizei«. Die Mädchen treten erschrocken zurück. »Ich glaube, das ist ein Siegel«, sagt Hermine.

In diesem Augenblick öffnet sich die Tür der gegenüberliegenden Wohnung einen Spalt breit. Eine Frau mit einem Kopf voller Lockenwickler schaut heraus.

»Da ist niemand«, sagt die Frau, »die sind alle abgeholt worden.«

»Abgeholt?« fragt Ida verständnislos.

Johanna fühlt, wie ihr etwas kalt über den Rücken kriecht.

Die Frau mit den Lockenwicklern sagt: »Das waren doch Juden!«

Die Mädchen starren sie an.

»Wußtet ihr das nicht?« fragt die Frau.

»Und Lisa?«

»Das Kind ist mitgegangen«, antwortet die Frau und sieht Johanna forschend an. Johanna blickt weg.

»Vielleicht kommt sie wieder?« fragt Ida.

Die Frau zieht die Tür heran. Sie schüttelt den Kopf.

»Nein«, sagt sie noch, bevor die Tür endgültig ins Schloß schnappt, »es sah nicht so aus.«

»Wenn es doch Juden sind!« sagt Hermine. Ida starrt noch immer auf die Wohnungstür, als könne sie sich vielleicht doch noch öffnen.

»Versteh ich nicht«, sagt sie. »Wieso haben wir das nicht gewußt?« Hermine findet auch, daß sie das hätten wissen müssen.

Sie gehen die Treppe hinunter und treten auf die Straße. Schweigend laufen sie nebeneinanderher. Dann sagt Hermine zögernd: »Juden sind nämlich gar keine richtigen Menschen.«

»Juden sind gar keine Menschen?« fragt Ida erstaunt.

Hermine schüttelt den Kopf. »Nein«, sagt sie. Und dann setzt sie hinzu: »Ich weiß es von meinem Vater. Und was der sagt, stimmt immer.«

»Ist doch Quatsch«, widerspricht Johanna. »Was soll Lisa denn sonst sein?«

»Na, ein Jude!« erklärt Hermine. »Ist doch ganz einfach.«

Wortlos laufen sie bis zur nächsten Straßenecke. Dann beginnt Hermine aufs neue. »Denkt mal an Turnen«, sagt sie. »Lisa kam einfach nicht übers Pferd!«

Ida nickt.

»Sie springt zu kurz ab, das ist der ganze Witz«, erklärt Johanna. »Ich hab es ihr gezeigt, aber sie verzählt immer die Schritte.«

»Weil sie schlapp ist«, sagt Hermine.

»Schlapp?« fragt Ida.

»Na klar!« bekräftigt Hermine. »Sie war schlapp, weil sie eine von den Juden war. Deutsche sind nicht schlapp.«

»Ist doch wieder Quatsch!« empört sich Johanna.

»Wieso soll das Quatsch sein?« hält Hermine dagegen. »Sie war schlapp, schlapp, schlapp wie sonstwas!« Hermine brüllt es jetzt. Johanna zeigt ihr einen Vogel. »Du spinnst ja.«

»Ein bißchen war sie schlapp«, sagt Ida, die die Streitenden auseinanderbringen will. »Aber das macht doch nichts.«

»Und warum ist sie plötzlich fort, ohne uns ein Wörtchen zu sagen? Na? Uns, ihre sogenannten besten Freundinnen, läßt sie im Stich?«

Störrisch wiederholt sie es: »Juden sind keine richtigen Menschen.«

»Du bist kein richtiger Mensch!« greift Johanna sie an.

»Was bin ich?« Hermine baut sich vor ihr auf.

»Jetzt ist alles aus. Alles ist aus«, beginnt Ida zu heulen.

Die beiden stehen dicht voreinander und starren sich feindselig an.

»Lisa kann Klavier spielen!« erinnert sie Johanna.

»Sie kommt nicht übers Pferd!« wiederholt Hermine.

»Sie hat die beste Handschrift!« sagt Johanna.

»Sie konnte keine Rolle rückwärts!« schreit Hermine.

»Sie kann viel höher singen als du!«

»Sie kann keinen Kopfstand!«

»Sie kann sehr gut vorlesen!«

»Ich hab kein Wort verstanden bei ihrem Vorlesen, so genuschelt hat sie!«

»Du spinnst ja!«

»Und du erst!«

»Du verstehst nichts!«

»Aber du, was! Ich weiß es jedenfalls von meinem Vater. Du hast ja keinen Vater!«

Johanna erstarrt. Sie spürt wieder die Eisklumpen am Hals, den Schnee im Mund, wie damals auf dem Schulhof, als Nora sie immer mehr in die Ecke drängte.

»Gar nichts weißt du, dumm bist du!« sagt sie atemlos.

»Haha!« kreischt Hermine los.

»Es ist doch alles nicht so schlimm«, heult Ida. »Wir wollen uns wieder vertragen, bitte!«

»Ihr könnt mich mal!« sagt Hermine, dreht sich um und geht.

Johanna sieht Ida an. Sie hat ein rotes Gesicht vom Heulen.

»Warum heulst du?« fragt sie.

»Lisa hat noch ein Buch von mir, und jetzt krieg ich das bestimmt nie wieder!«

Johanna sieht sie ratlos an.

»Das ist so gemein von Lisa, so gemein!« Ida kann sich gar nicht beruhigen.

»Sie kann doch nichts dafür!« sagt Johanna und schüttelt Ida an den Schultern. »Hör auf zu heulen!«

»Mein schönes Buch«, jammert Ida. »Einfach geklaut!«

Da läßt Johanna Ida stehen und geht nach Hause. Sie sucht den Opa. Im Garten, beim Bäumeverschneiden, findet sie ihn. »Opa«, sagt sie, »was heißt das: ›abholen‹?« Sie erzählt, was vorgefallen ist. Der Opa kommt mit ins Haus, wo niemand sie hören kann.

»Die Nazis haben sich Gesetze ausgedacht, um die anderen zu unterdrücken. Sie suchen eine Handhabe gegen die, die ihnen nicht passen. Zuerst gegen die Roten, die halten sie sowieso für Menschenfresser. Du weißt ja, alle in einen Topf – die Sozis und die Kommunisten. Immer kräftig drauf und hetzen!«

Der Opa geht wütend in der Küche hin und her.

Die Oma, die am Küchentisch sitzt und Wäsche flickt, versucht, ihn zu beruhigen.

»Na, ist doch wahr!« sagt der Opa. »Die paar, die klarsehen, die sperren sie auch noch ein.«

Johanna bestätigt: »Meinen Papa zum Beispiel.«

Der Opa nickt. »Cronheimer?« fragt er dann. Er glaubt sich zu erinnern, daß ein gewisser Arthur Cronheimer in der Liga für Völkerfreundschaft, einer internationalen demokratischen Vereinigung, sei. Die Nazis wollen ihn aus dem Wege räumen. Nun haben sie eine Handhabe gegen ihn gefunden – er ist Jude.

Johanna will wissen, was mit Lisa geschieht.

Der Opa weiß es nicht. Vielleicht kommt sie mit den Eltern in ein Arbeitslager, vielleicht gelingt es der Familie, wenn sie reiche Freunde im Ausland hat, wenigstens ihr Kind aus Deutschland herauszubringen.

Johanna sieht Lisas Gesicht vor sich, ihr schönes, im Sommer braungebranntes Gesicht mit den schrägen Augen.

»Was ist das für eine Welt!« sagt die Oma leise.

»Wie sie ist, so wird sie nicht bleiben!« sagt der Opa zornig. »Das ändert sich bald. Wirst sehen.«

Die Oma schweigt. Johanna setzt sich neben sie an den Küchentisch. »Nicht wahr«, sagt sie, »meine Mutti, die macht auch so was, daß die Welt besser wird.«

Der Opa nickt. »Jawohl«, sagt er. Der Oma laufen die Tränen über die Wangen.

Ihre Stimme klingt nicht so trotzig wie die vom Großvater, sondern sehr traurig. »Deine Mutter, Johanna. Die wollen wir mal bei allem nicht vergessen.«

»Ich vergesse sie doch nicht«, sagt Johanna erschrocken. »Ich träume oft von ihr.«

»Ich auch«, sagt die Oma, legt die Socken zu den anderen Socken, nimmt den Flickkorb auf und trägt ihn weg.

7

Der Vater ist wieder da! Eines Tages, als Johanna aus der Schule heimkommt, sitzt er in der Küche. Johanna erkennt ihn nicht sofort, sie glaubt, einen fremden Mann auf dem Stuhl sitzen zu sehen. Aber wie er sie anlächelt und sagt: »Hannele!«, schreit sie auf und stürzt ihm um den Hals.

Wie lange ist das her, daß er sie so im Arm gehalten hat. Der Vater erzählt nicht, was er dort im Gefängnis erlebt hat. »Das ist kein Thema«, weicht er aus. Johanna würde es schon interessieren, aber der Vater schweigt.

Der Vater ist auf Suche nach neuer Arbeit, aber er findet lange keine. Deshalb ist er häufig mittags da, wenn Johanna aus der Schule kommt. Manchmal übernachtet er auch hier draußen und geht nicht in die Wohnung in der Frankfurter Innenstadt. Es gefällt ihm sowieso nicht, so allein dort zu sein.

Eines Tages, als Johanna heimkommt, nimmt er sie um die Schulter und sagt: »Johanna, wir müssen was Wichtiges bereden!«

Sie gehen ins Wohnzimmer, und der Vater schließt die Tür hinter sich.

»Wir müssen fortgehen«, sagt der Vater und sieht sie ernst an. »Wir gehen dahin, wo auch die Mutter ist.«

»Die Mama?« Johanna will losjubeln.

Der Vater wehrt ab.

»Es wird nicht ganz leicht werden, Hannele«, sagt er, »du mußt mir jetzt gut zuhören. Wir werden heimlich über die Grenze gehen müssen, mit fremden Pässen.«

Der Vater erklärt Johanna sehr genau und ausführlich, wie ihre Flucht vor sich gehen wird. Johanna hört zu und prägt sich alles ein.

Als sie das Wohnzimmer wieder verlassen, kommt es ihr vor, als ob sie jetzt ein Stück erwachsener geworden sei.

Eine Woche später, an einem frostigen Wintertag, verlassen Johanna und ihr Vater zeitig am Morgen die Wohnung in der Holzhaussiedlung. Oma Frieda und Opa Willy stehen hinter der Gardine und sehen ihnen nach. In der Nacht ist Schnee gefallen, ihre Schritte hinterlassen die ersten Spuren auf dem Weg. Das Weiße leuchtet ihnen da, wo keine Gaslaternen brennen. Sie tragen kein Gepäck. Nicht einmal die Puppe Lilo hat Johanna mitnehmen dürfen. Sie schläft daheim auf dem Kopfkissen neben dem übrigen Spielzeug. Auch der Wellensittich mußte hierbleiben. »Wenn du wiederkommst«, hatte Oma Frieda gesagt, »wird alles noch so sein, wie du es zurückgelassen hast. Ich passe auf.«

Die Oma Frieda hat geweint, und auch der Opa Willy hat durch die Nase geschnieft und versucht, noch einen Witz zu machen. Aber so richtig ist er nicht gelungen. Es ist ein Abschied ins Ungewisse. Dort, wohin Johanna und ihr Vater gingen, würde alles fremd sein. Was sie zurücklassen, ist alles, was bisher ihr Leben ausgemacht hat.

Von dem Augenblick an, als Oma Frieda die Gardine losläßt, weil die beiden ihrem Blick entschwunden sind, gibt es Johanna und ihren Vater nicht mehr. Sie schlüpfen in fremde Namen und in eine fremde Haut. Johanna heißt jetzt Beatrice von Bornheim. Sie muß von diesem Augenblick an vergessen, daß sie in der Holzhaussiedlung in Frankfurt zu Hause ist.

Beatrice von Bornheim stammt aus der Schweiz. Sie befindet sich nur auf einem Tagesausflug in Deutschland. Am Abend würde sie über die Grenze zurück nach Hause gehen wollen.

Johanna trägt lauter fremde Sachen. Ein lachsfarbenes Kleid mit einem Jäckchen und zwei Schärpen, schräg im Rücken verknotet. Es ist ein Kleid aus feinem Tuch und stammt von einer jüdischen Familie, die nach Palästina ausgewandert ist. Eine Nachbarin von Oma Frieda ist bei der Familie Putzfrau gewesen und hat die Kleidungsstücke überlassen bekommen. Als sie Johanna sah, fiel ihr auf, daß die Mädchen ungefähr die gleiche Größe hatten, und schenkte die Kleidung weiter. Johanna fand, daß das Kleid unter den Achseln zwickte und komisch roch, nach Mottenpulver und Lavendel. Aber vornehm sieht es aus! Über dem Kleid trägt Johanna ihren alten Wintermantel, der kürzer ist als das Kleid. Dazu ein Paar Halbstiefel, einen Hut mit Pelzrand, der auch von dem Mädchen stammt, und eine kleine Lackledertasche, ein Geschenk von Oma Frieda. In der Lackledertasche ist ein Spiegel und eine Tüte Karamelbonbons.

Auch der Vater hat sich warm angezogen und keinerlei Gepäck mitgenommen.

Mit der Straßenbahn fahren sie zum Bahnhof. Ein schläfriger Beamter öffnet den Schalter und will wissen, wohin sie reisen wollen. Der Vater verlangt Fahrkarten nach einer Stadt, die nicht in Richtung der Schweizer Grenze liegt, sondern nur etwas entfernt. Es scheint ihm zu auffällig, in direkter Richtung zu fahren, er will mögliche Spuren mit diesem Umweg verwischen. Am frühen Nachmittag nähern sie sich endlich der Grenze zwischen Deutschland und der Schweiz. Der Vater kauft Johanna an einer Bahnstation ein Glas heißen Tee und eine Bratwurst. Johanna hat vor Aufregung keinen richtigen Hunger. Sie lehnt sich in den Arm des Vaters und versucht auf seinen Rat hin etwas einzuschlafen. Nach zwei Stationen schreckt sie wieder hoch und fragt: »Sind wir schon da?«

»Pschsch . . .!« macht der Vater und schüttelt sie. Johanna beißt sich auf die Lippen. Sie hat strenge Anweisung, sich still zu verhalten und nichts zu fragen.

Am Nachmittag steigen sie noch einmal in einen anderen Zug, der sie direkt zur Grenze bringt. Dort, im Bahnhofslokal, würde eine Frau aus der Schweiz mit den Pässen auf sie warten.

Sie erreichen den Ort und begeben sich in das Lokal. Es ist eine kleine Wirtschaft, aber voller Leute, die etwas trinken und alle dem Radioempfänger lauschen. Der 30. Januar ist der Tag des Machtantritts der deutschen Faschisten. An diesem Feiertag wird überall eine Rede Adolf Hitlers übertragen. Der Vater hat den Zeitpunkt der Flucht bewußt gewählt. Es ist zu erwarten, daß viele Menschen vor den Radioempfängern sitzen würden. Man würde weniger auf sie achten. Sie setzen sich an einen der hinteren Tische. Der Vater bestellt ein Bier und ein Glas heiße Milch. Sie sitzen und warten etwa eine halbe Stunde. Der Zeitpunkt, zu dem die Frau hätte erscheinen müssen, ist längst heran. Johanna wird es langweilig. Sie rutscht auf ihrem Stuhl hin und her und fragt schließlich: »Papa, können wir nicht endlich gehen?«

»Pschsch!« macht der Vater wieder und sieht sie ärgerlich an. Er wirkt jetzt angestrengt und nervös. Warum kommt die Frau nicht? Will man sie in eine Falle locken?

Johannas Ellenbogen liegen breit auf der Tischplatte. Sie hat das Kinn aufgestützt und malt mit dem Finger eine Wasserspur nach. Der Vater bezahlt und steht auf. Sie gehen in den Wartesaal, in dem außer einem Mann mit einem Hund und einem Eisenbahner niemand ist. Auf dem Bahnsteig ist ein eisernes Öfchen angezündet worden, an dem sich die Reisenden wärmen können. Sie gehen ein paarmal den Bahnsteig auf und ab. Auch das, so scheint dem Vater, würde sie mit der Zeit verdächtig machen. Er fragt Johanna noch einmal, ob sie auch wirklich nichts mithabe, woran man erkennen könne, daß sie eigentlich keine Schweizer seien. Johanna öffnet ihr Lackledertäschchen. Nur der Spiegel und die Tüte Karamelbonbons sind darin. Die Tüte trägt die Aufschrift des deutschen Fabrikats. »Wirf sie weg!« sagt der Vater und deutet auf die Bonbontüte. Johanna zögert. Dann wirft sie das Tütchen in den Ofen. Der Vater steckte etwas Zusammengeknülltes hinterher.

Plötzlich ist die Frau da. Sie ist blond und sehr elegant. Johanna erscheint sie wie eine Märchenfee, die sie auf die andere Seite in die Freiheit führen wird. Von jetzt an wirken die drei wie eine Familie, die aus der Schweiz kommt und nun zurückfährt. Johanna darf nur noch ja und nein sagen, und das mit dem Dialekt der Schweizerdeutschen, und auf Verlangen der Grenzbeamten soll sie ihr Täschchen auf- und zuschnappen lassen und lieb lächeln.

Bis zur Grenzkontrolle sind es noch ein paar Kilometer. Sie sitzen schweigend im Abteil. Johanna gegenüber hat ein älterer Herr in einem graugemusterten Anzug mit Weste Platz genommen. Am Aufschlag seines Jacketts prangt das »Daddeldaddel«, wie die Kinder in der Holzhaussiedlung das genannt hatten, das Parteiabzeichen der Nazis. Johanna starrt darauf und bekommt große Angst. Errät der Mann vielleicht, mit welchem Reiseziel sie fahren? Sieht er ihnen an, wer sie wirklich sind?

Sie sitzt steif wie ein Stock und zwingt sich, so unbeteiligt wie möglich aus dem Fenster zu schauen. Eine tiefverschneite Winterlandschaft zieht vorüber. Wiesen und Felder sind bergig geworden, die Dächer der Bauernhäuser tragen Hauben aus Schnee. Es sieht aus, als duckten sie sich unter ihrer Last. Eben geht die Sonne unter. Sie versinkt rötlich und kalt hinter dem Horizont.

Der Zug ruckt, fährt langsamer weiter, hält schließlich mit einem langen quietschenden Ton. Die Grenzkontrolle zwischen Deutschland und der Schweiz ist erreicht.

Die Fahrgäste holen ihre Pässe heraus. Draußen bellen Hunde. Auf dem Gleis läuft eine Gruppe Uniformierter entlang. Die Abteiltür wird aufgeschoben, ein Mann in Uniform und Schildmütze verbeugt sich, grüßt und sagt: »Die Papiere bitte, meine Herrschaften!«

Die blonde Frau überschüttet den Mann mit einem Schwall Schweizerdeutsch. Der Mann nickt und blickt in die aufgeschlagenen Pässe. Er klappt zuerst den der Frau zu und gibt ihn ihr wieder. Dann blickt er in den Paß des Vaters, vergleicht das Foto mit seinem Gesicht, nickt und reicht auch diesen zurück. Er deutet auf Johanna und sieht die blonde Frau wieder an. Die Frau lächelt und sagt, daß Johanna zu ihr gehöre. Der Beamte scheint mit den Auskünften zufrieden zu sein. Er kontrolliert noch die Pässe der übrigen Mitreisenden und verläßt dann mit einem Gruß das Abteil. Es kommen noch einmal drei Grenzbeamte im Gang vorbei. Einer zieht die Tür auf und blickt die Sitzenden an. Mehr geschieht nicht. Nach einer kleinen Weile ertönt der Pfiff der Lokomotive. Der Zug setzt sich wieder in Bewegung. Schon nach kurzer Zeit erreichen sie eine größere Bahnstation. Es ist Basel. Die drei verlassen den Zug, und noch auf dem Bahnsteig geht die blonde Frau ohne ein nochmaliges Gespräch und ohne Abschied davon. Sie dreht sich, als sie schon etwas entfernt ist, noch einmal um und nickt ihnen freundlich und aufmunternd zu. Dann ist sie im Gewühl des Bahnhofs verschwunden.

Von dem Bahnsteig, auf dem ihr Zug angekommen ist, führt eine lange und breite Treppe hinunter zur Haupthalle des Bahnhofs. Andere Reisende mögen gar nicht bemerkt haben, daß sie eine lange Treppe hinuntergestiegen sind, nachdem sie den Zug verlassen haben.

Für Johanna und ihren Vater ist es die wunderbarste Treppe der Welt. Denn unten steht die Mutter und wartet auf sie.

Johanna erkennt sie und rennt, so schnell sie nur kann, die Stufen hinunter. Mit einem Aufschrei fällt sie der Mutter in die Arme. »Psst«, sagt die Mutter, »nicht so auffällig!«

Sie hält Johanna fest, als würde sie die Tochter nun nie mehr loslassen. So lange hat sie auf diesen Augenblick gewartet. Jetzt ist er da!

»Macht mal die Augen wieder auf!« sagt eine Stimme neben ihnen. Es ist der Vater. Die Eltern umarmen sich innig und wortlos. Erst später, in einer kleinen Gastwirtschaft in der Stadt, beginnen sie, sich zu erzählen. Ganz langsam löst sich die Spannung, die sich in allen angestaut hatte. Wie sehr hatte die Mutter um sie gebangt und gewünscht, die Flucht möge günstig verlaufen. Wie viele Stunden war Johanna in der Erwartung gereist, gleich an der Grenze zu sein und in eine gefährliche Situation zu geraten. Noch auf der Straße vor dem Baseler Bahnhof hat sie sich immer wieder ängstlich nach Schritten umgedreht, die ihnen folgen könnten.

Die Mutter beruhigt sie. Niemand ist hinter ihnen. Vorerst sind sie in Sicherheit.

»Mein Lieberchen, meine Große!« sagt die Mutter zärtlich und legt ihre Hand auf die Hand der Tochter, die auf der Tischplatte liegt. Johannas Hand verschwindet unter der größeren der Mutter. Da legt auch noch der Vater seine Hand darüber. Vorsichtig zieht Johanna ihre Hand darunter hervor. Die Mutter versteht das Spiel und tut es ihr nach. Auch der Vater macht mit.

»Schneller«, sagt Johanna.

»Noch schneller«, sagt die Mutter.

»Na, wartet!« beschwert sich der Vater.

Die Hände fliegen. Immer rascher wechselt oben und unten. Am besten kann es noch immer Johanna.

»Wo ist meine Hand?« sagt der Vater. »Meine linke Hand ist weg!«

»Hier ist sie«, sagt Johanna und zeigt auf eine Hand im Händeturm.

»Das ist meine!« sagt die Mutter.

»Nein«, ruft Johanna vergnügt, »die da ist meine!«

8

Ein paar Tage später verläßt Johanna Basel wieder, um nach Aarau weiterzureisen, wo eine Schweizer Familie angeboten hat, sie so lange aufzunehmen, bis die Eltern in der neuen Heimat Fuß gefaßt haben. Die Familie Rückli ist eine wohlhabende Familie. Sie besitzen eine kleine Fabrik. Sie ist gleich hinter dem Wohnhaus, das von einem weitläufigen Garten umgeben ist. Johanna geht auf Entdekkungsreise.

Auch hier liegt wie daheim viel Schnee.

Der Schnee sieht genauso aus wie in Deutschland, und er ist auch genauso kalt. Johanna hat ein bißchen davon gekostet, deshalb weiß sie das nun.

Interessant an dem Haus ist die Sprechanlage. Neben dem Namensschild an der Gartentür ist ein Metallplättchen mit Löchern, es ähnelt einem Teesieb. Wenn man auf den Klingelknopf drückt, kommt aus dem Teesieb eine Stimme . . .

»Hallo? Wer ist da?« fragt jemand. Es ist die Stimme der Frau Rückli. »Hallo?« fragt die Stimme noch einmal, dann knackt es, und es ist wieder Stille. Wenn Johanna antwortet: »Hier ist Johanna«, dann summt es, und Frau Rückli sagt: »Geh schau her, das ist aber kein Spielzeug!«

Es ist eine Art Telefon, hat der Herr Rückli erklärt. Man weiß gleich, wer vor der Tür steht, und kann auf den Öffner drücken oder nicht. Beim Öffnen summt es neben dem Teesieb, und dann öffnet sich der Türschnapper, wenn man dagegendrückt.

Das sprechende Teesieb unterhält Johanna eine ganze Weile. Dann wird es ihr leider verboten. Sie geht in dem großen Garten umher und sucht etwas, womit sie sich beschäftigen könnte. In dem Haus ist außer der Köchin und dem Dienstmädchen niemand. Die Frau Rückli fährt vormittags weg zu Einkäufen und Besorgungen. Sie will Johanna ein warmes Kleid mitbringen und Überschuhe. Johanna geht noch immer in dem rosa Kleid mit der Schärpe umher, schläft abends in einem Jungenschlafanzug, der einem Cousin der Familie gehört, trägt die Hausschuhe der Frau Rückli, rote Samtpantöffelchen mit weißen Bommeln, und sie weiß oft nicht recht, was sie mit sich anfangen soll. Sie hat den ganzen Tag Zeit. Zur Schule kann sie nicht gehen, weil sie hier nur zu Besuch und kein Schweizer Schulmädchen ist. Spielgefährten hat sie nicht, weil die Familie Rückli kinderlos ist, obgleich sie gern Kinder hätte. Sie helfen deutschen Auswanderern und vor allem Flüchtlingskindern, sie selbst haben eine deutsche Urgroßmutter irgendwo in der Nähe von Köln gehabt. Aber Johanna kennt Köln nicht, sie ist nie dort gewesen und kann gar nicht berichten, wie der Rhein im Dunkeln aussieht und ob in der Gasse hinter dem Dom noch immer ein Tuchgeschäft ist, das den Namen »Schwertfeger« führt.

Die Rücklis haben eine kleine Fabrik für Werkzeugmaschinen. Die Fabrik ist hinter dem Wohnhaus. Dort rattert und summt es den ganzen Tag. Leider darf Johanna nicht in die Werkhalle, um nachzusehen, was da rattert, weil Kinder da nichts zu suchen haben. Sie kann nichts weiter machen, als sich mit sich selbst zu vergnügen. Wie macht man das, wenn man selbst nicht sehr vergnügt ist?

Zum Glück gibt es den dicken alten Hassan, einen Boxerhund, und die beiden Katzen. Mit Hassan spielt sie Verstecken. Das geht so: Johanna geht mit Hassan hinters Haus und befiehlt: »Sitz, Hassan!« Hassan legt sich lang. Dann rennt sie los. Sie schlägt Haken, um die Spur zu verwischen, sie läuft zickzack. Dann versteckt sie sich hinter einem Mauervorsprung, einem Rhododendronbusch oder der Laube und ruft: »Such, Hassan!«

Hassan startet. Er schnüffelt ihrer Spur nach, er jault und winselt, bis er sie gefunden hat und an ihren Beinen hochspringt. »Gut gemacht, Hassan!« lobt Johanna und geht zurück, um das Spiel von vorn zu beginnen.

Einmal hatte sie es besonders schlau angestellt. Sie kletterte auf einen Baum. Hassan suchte an den alten Stellen, jagte die Gartenwege hoch und runter. Johanna pfeift ein Erkennungszeichen von ihrem Baum. Der Hund stutzt. Wo ist Johanna? Er läuft um den Baum herum wie toll. Schließlich klettert sie wieder hinunter und kann ihn erlösen. Der dicke alte Hassan wird ihr Freund.

Etwas schwieriger ist es mit den beiden Katzen. Eine ist ein Kater und recht eingebildet. Er trägt einen englischen Namen, den Johanna sich nicht merken kann. Der Kater läßt sich nicht streicheln, stolziert in weitem Bogen um sie herum und wartet ab, was Johanna macht.

Die Katze ist zutraulicher. Wenn sie nicht damit beschäftigt ist, dem Kater die Schnurrbarthaare und den Kopf zu lecken, schnurrt sie um Johannas Beine und will gestreichelt werden. Leider verliert sie dabei viel Haare, die an Johannas Strümpfen haftenbleiben und nur mühsam abzubürsten sind.

Katze und Kater liegen gern unter der Tanne vor dem Haus und denken gar nicht daran, Mäuse zu fangen. Sie trinken verdünnte Kaffeesahne und leben, sagt Frau Rückli, »wie der Herrgott in Frankreich«.

Johanna kennt bald den ganzen Garten. Es ist der größte Garten, den sie bisher gesehen hat. Der von Opa Willy in der Holzhaussiedlung paßt viermal in diesen hinein. Der Opa hätte bestimmt gleich Kaninchenställe hinter das Haus gesetzt. Und in die Lärchen und Tannen wären Vogelkästen gekommen und Starkästen. Ob es hier die gleichen Vögel gibt wie zu Hause? Johanna stellt sich neben die Tanne und paßt auf. Sie kennt die Vögel, weil der Opa Willy sie ihr erklärt hat. Sie haben oft am Küchentisch gesessen und gewartet, bis einer ihrer Gäste zum Vogelhaus kam. Den meisten Krach machten die Spatzen, wenn sie sich mit den anderen um das übriggebliebene Futter zankten.

Spatzen gibt es hier auch und Rotschwänzchen, Meisen und Spechte. Es ist die gleiche winterliche Vogelgesellschaft wie zu Hause. Aber etwas gibt es in der Schweiz, was Johanna bisher nicht kannte und was sie, als sie es aus nächster Nähe sieht, sehr beeindruckt. Es ist das Hochgebirge, die Schweizer Alpen. Schon am ersten Wochenende macht die Familie Rückli mit Johanna einen Ausflug in die Berge. Im schwarzen, bequem ausgestatteten Auto fahren sie aus Aarau hinaus über Landstraßen, durch Dörfer und Ortschaften an einem langgestreckten See vorbei und dann hinauf und immer höher ins Gebirge hinein. Die Dörfer am Fuß der Berge haben eng aneinandergerückte Häuschen, als ob sie sich gegenseitig beschützen müßten. Weiter oben gibt es noch vereinzelt Bauernhöfe. Die Dächer sind breit über die Fenster gezogen und die Wände mit Holz abgeschlagen.

Als das Auto ganz oben auf der Paßstraße angelangt ist, schnauft es ziemlich. Herr Rückli parkt am Straßenrand. Er sagt, Johanna müsse einen Augenblick aussteigen und die Bergwelt bewundern. Hier oben auf dem Kamm sind keine menschlichen Siedlungen mehr. Der Wind pfeift rauh und läßt den lockeren Schnee aufwirbeln. Plötzlich bricht die Sonne durch, und Johanna kann weit über die Berggipfel und hinunter in die Täler blicken. Kein menschliches Geräusch dringt hier herauf, kein Tierlaut, kein Fahrzeuggebrumm, kein Pfiff einer Eisenbahn. Nur der Wind heult. Auch im Sommer, zu jeder Jahreszeit ist es so schauerlich still hier oben, erklärt der Herr Rückli.

Frau Rückli hat den Handrücken über die Augen gelegt, so sehr blendet die Sonne sie.

»Da fühlt man plötzlich, wie winzig klein ein Mensch ist!« sagt sie.

Johanna blickt sich um. Links und rechts, über und unter ihr nur schneebedeckte, eisglitzernde Berge. Eine Riesenlandschaft ohne ein Wölkchen Rauch, ohne einen Vogel am Himmel. Gibt es hier gar keine Tiere?

»Doch«, sagt der Herr Rückli, »bis in die letzten Regionen der Bergwelt gibt es Lebewesen. Winzige, flinke Eidechsen, Wiesel und Mäuse. Und vor allem Gemsen und Murmeltiere.« Viele Jahre lang ist er Bergsteiger gewesen. Er hat schwierige Klettertouren gemeistert. Zu Hause kann Johanna sich ein Album mit Fotos anschauen. Jetzt ist er nicht mehr so sportlich und kräftig. Aber vielleicht wird Johanna eine Bergsteigerin, wer weiß?

Johanna behält den Anblick der schneebedeckten, glitzernden Gipfel, diese riesige stumme Weite, für immer vor Augen.

Nicht an jedem Wochenende, aber ein paarmal doch noch, unternimmt die Familie Rückli solche Ausflüge mit Johanna. Sie lernt das Brienzer Rothorn, ein zweieinhalbtausend Meter hohes Gebirgsmassiv, und die Engstlenalp kennen, die schon über dreitausend Meter hoch ist. In Zürich wird sie zum Kuchenessen eingeladen, und in Luzern erlebt sie einen Kirchweihtag mit Schaubuden und Karussellfahren.

Natürlich wollen die Rücklis wissen, wie Johanna zu Hause gelebt hat, wer ihre Eltern und Großeltern sind.

Die Frau Rückli sagt: »Johanna, mein Kind, erzähl doch mal was!«

»Was soll ich erzählen?« fragt Johanna.

»Von zu Hause!« bittet Frau Rückli.

»Zu Hause«, sagt Johanna und denkt nach, »zu Hause war es schön.«

»Ja«, sagt Frau Rückli ungeduldig, »aber wie, wie war es dort?«

»Frankfurt ist eine ziemlich große Stadt«, beginnt Johanna, »da fahren Straßenbahnen und Autobusse. Und einen großen Bahnhof gibt es. Aber da haben wir nicht gewohnt, sondern mehr nach Süden raus, wo der Stadtpark ist.«

»So?« sagt Frau Rückli. »Mitten in der Stadt hast du gewohnt? Und da habt ihr Karnickel gehalten?«

»Nein«, sagt Johanna, »die Karnickel waren beim Opa in der Holzhaussiedlung, wo ich in die Schule gegangen bin.«

»Draußen bist du in die Schule gegangen? Und in der Innenstadt hast du gewohnt?« fragt Frau Rückli erstaunt. »Ist das nicht ein sehr weiter Schulweg?«

Johanna schüttelt den Kopf. »Aber nein«, widerspricht sie. »Erst habe ich da gewohnt und dann dort, bei Oma Frieda.«

»Ach, ihr seid umgezogen!« sagt die Frau Rückli. »Auf dem Land ist es ja auch viel gesünder als mitten in der Großstadt.«

Johanna nickt. Wie sollte sie den Umzug erklären? Sie darf auf keinen Fall erzählen, was mit ihren Eltern ist. Der Vater hat ihr eingeschärft, strengstes Stillschweigen über die Eltern und vor allem ihre Tätigkeit zu wahren.

Einmal hat Frau Rückli sie nach dem Beruf des Vaters gefragt.

»Er arbeitet«, antwortet Johanna.

»Aber was arbeitet er?« will Frau Rückli wissen.

»Schuhe«, sagt Johanna, »ich glaube, meine Vater macht Schuhe. Nein.« Sie unterbricht sich. »Er macht Autos.«

»Das ist doch aber ein Unterschied!« Die Frau Rückli sieht sie mißtrauisch an. »Schuhe? Oder Autos?«

Johanna schweigt. Der Vater ist gelernter Sattler. Erst hat er in einer Autofabrik gearbeitet, aber als er aus dem Gefängnis entlassen wurde, hat er in einer Schuhfabrik Arbeit gefunden. Johanna weiß nicht, ob sie das so sagen darf. Sie hat sich versprochen.

»Ich weiß es nicht«, sagt Johanna kleinlaut.

»Du möchtest wohl gern, daß dein Vater Autos macht, nicht wahr? Aber eigentlich macht er nur Schuhe, er ist also ein Schuster. Ist es so?« sagt Frau Rückli.

Johanna schweigt.

»Du brauchst dich nicht zu schämen«, sagt Frau Rückli. »Es ist nicht so wichtig.«

Sie gibt es auf, mehr über Johannas Vergangenheit erfahren zu wollen. Das Kind scheint ihr seltsam verstört.

Das einzige, worauf Frau Rückli nach wie vor großen Wert legt, ist, daß Johanna sich bei Herrn Rückli für die erwiesene Gastfreundschaft bedankt. Möglichst jeden Tag soll Johanna zu ihm gehen und sich bedanken. »Das freut meinen Mann sehr!« hat Frau Rückli gesagt.

Tatsächlich, wenn Johanna vom Abendessen aufsteht, zum Stuhl des Herrn Rückli tritt und sagt: »Schönen Dank für die Gastfreundschaft!«, strahlt der Herr Rückli und tätschelt ihr das Gesicht. Johanna mag das nicht leiden. Aber was soll sie tun?

Johanna soll nie vergessen, wem sie das alles zu verdanken hat, meint die Frau Rückli. Also sagt sie die Dankworte jeden Abend, wie man es von ihr erwartet.

Oft steht Johanna vor der verglasten Tür des Bücherschrankes im Wohnzimmer. Zu gern möchte sie einen der Bände herausnehmen und betrachten dürfen. Eines Tages sieht Frau Rückli den sehnsüchtigen Blick und öffnet die Tür. In der zweiten Reihe stehen sogar einige Märchenbücher. Frau Rückli gibt Johanna eine Sammlung Sagen aus den Berner Alpen, in denen Johanna jeden Tag liest. Es sind viele mundartliche Ausdrücke darin, die sie nicht versteht. Frau Rückli lacht, als Johanna es ihr sagt, und übersetzt ihr die Wendungen. Frau Rückli läßt Johanna lesen, soviel und solange sie will. Sie hat eine einzige Gegenforderung. Johanna muß sich am Vormittag jeweils eine Stunde zu ihr in den Erker setzen und Sticken üben. Diese Handarbeiten sind Frau Rücklis große Leidenschaft, sie möchte Johanna gern darin unterweisen. Das ist nicht so einfach, denn Johannas Finger sind ziemlich ungelenk.

Sie hat noch nie Handarbeiten gemacht und sich gedrückt, wo sie konnte. In der Schule gab es ein Unterrichtsfach, das »Handarbeit« hieß. Da lernte man Strümpfe stopfen, Hohlsäume nähen, Topflappen häkeln und Fersen für Kniestrümpfe stricken. Die Handarbeitslehrerin hieß Fräulein Malz und schlug häufig die Hände vor dem Gesicht zusammen, wenn sie auf Johannas Arbeit sah.

»Hoffnungslos«, pflegte sie zu sagen.

Und nun versucht Frau Rückli mit Engelsgeduld ihr Glück. Johanna will sie nicht enttäuschen, sie mag die Frau ganz gut leiden, trotz der ewigen Bedankerei. Aber sticken? Es sieht aus, als ob die Mäuse über ein Tischtuch gelaufen sind und hier und da etwas fallen gelassen haben.

Eines Nachmittags kommt das Dienstmädchen ins Zimmer und sagt etwas zu Frau Rückli, wobei wiederholt Johannas Name fällt. Frau Rückli nickt, steht auf und kommt mit einem Brief in der Hand zurück. Sie reicht ihn Johanna und sagt: »Du hast Post bekommen!«

Johanna öffnet den Umschlag. Eine aus einem Schulheft herausgerissene Seite kommt hervor, auf der mit Füllhalter etwas geschrieben ist.

»Liebes Hannele«, heißt es, »ich bin ein paar Tage in Aarau und würde Dich gern besuchen. Ob das wohl möglich ist? Deine liebe Tante Lene.«

Johanna liest den Text zwei- und dreimal.

»Nun«, sagt Frau Rückli freundlich, »was ist es denn?«

»Meine Tante«, antwortet Johanna, »will mich besuchen.«

»Ach«, sagt Frau Rückli, »das ist aber schön. Sag ihr doch, sie soll kommen. Ich möchte sie auch kennenlernen.«

Johanna nickt. »Soll ich das antworten?« fragt sie. Sie weiß nicht, was sie nun machen soll.

Frau Rückli nimmt ihr den Brief aus der Hand und liest nun selbst.

»Ja«, sagt sie, »wir werden ihr antworten.«

Sie holt ein Blatt Papier und schreibt nach kurzem Nachdenken etwas auf. Dann steckt sie es in einen Umschlag, verschließt ihn und gibt ihn dem Dienstmädchen. Sie soll ihn dem Boten mitgeben.

»Er ist doch mit dem Boten gekommen?« erkundigt sie sich. Das Dienstmädchen sagt, draußen stünde eine junge Frau.

Johanna rennt aus dem Zimmer zur Tür. Enttäuscht bleibt sie stehen. Nein, es ist nicht die Mutter. Eine fremde schwarzhaarige Frau wartet an der Tür. Johanna blickt sie an und denkt, daß diese Frau weiß, wo die Mutter ist. Soll sie sie fragen? Sie muß sie fragen. Die junge Frau wird es ihr sagen können. Die Frau lächelt ihr zu, als ob sie sich kennen. Dann nimmt sie den Brief, dreht sich um und verläßt rasch das Haus.

Johanna sieht, wie sie durch den Garten zum Tor geht und sich auf der Straße, hinter dem Zaun, entfernt.

»Nun«, sagt Frau Rückli, »freust du dich, daß die Tante dich besuchen kommt?« – Johanna nickt.

»Ich habe geschrieben, sie soll übermorgen nachmittag kommen, da paßt es uns am besten. Morgen will ich zur Schneiderin, dann wird es zu spät.«

Johanna beißt die Zähne aufeinander. Übermorgen! Bis dahin ist es so lang wie ein halbes Jahrhundert! Bis übermorgen ist sie bestimmt tot. Das hält sie nicht aus, so lange zu warten.

Sie geht in den Garten und sucht Hassan, um es ihm zu erzählen. »Hassan«, flüstert sie und krault ihn hinter den Ohren. »Denk dir, meine Mutti kommt. Aber sie darf nicht verraten, daß sie meine Mutti ist. Und ich darf es auch nicht.«

Hassan sieht sie an und hält den Kopf schief. Das sieht nicht sehr intelligent, aber verständnisvoll aus.

»Verstehst du, Hassan?« sagt Johanna. »Meine Mutti kommt! Sie kommt hierher!«

Hassan richtet sich steil auf und beginnt wütend zu bellen. Er befreit sich aus Johannas Umarmung und jagt davon in Richtung Gartentor. Dort bremst er und bellt ununterbrochen.

Es ist immer dasselbe. Hassan kann keine Motorräder mit Seitenwagen leiden. Er bellt sie an, als seien sie die schlimmsten Ungeheuer der Welt. Schon zwei Straßenecken weiter hört er sie nahen. Er bellt und tobt, bis sie vorüber sind.

Johanna geht zu den Katzen. Der Kater springt mit einem kühnen Satz auf das Fensterbrett des Zimmers im Parterre. Er legt den Kopf auf die Pfoten und sieht Johanna verächtlich an. Die Katze läßt sich auf den Arm nehmen.

»Meine Mutti kommt«, sagt Johanna dicht an ihrem Ohr, »stell dir das vor!« Die Katze schließt die Augen und schnurrt.

Johanna hockt sich auf die Stufen vor dem Haus, ohne die Erde zu berühren, und behält die Katze im Schoß. Der Garten ist weiß und leer. Ein paar Vögel umfliegen das Futterhaus. Nun, sagt sich Johanna, bis übermorgen ist es überhaupt nicht lange. Ich brauche ja nur zweimal zu schlafen, zwei kleine Male, zwei schnelle Nächte, kaum habe ich die Augen zugemacht, ist es schon wieder morgen. Und jetzt ist es auch schon nachmittags um drei, der Tag ist so gut wie vorbei. Was beschwere ich mich? Einmal stillhalten, und schon ist übermorgen.

Trotzdem, es dauert noch sehr lange, bis es übermorgen ist. Nachts wacht Johanna auf, weil sie geträumt hat, daß es an der Tür klingele. Aber das Haus ist still, alle schlafen.

Dann ist es endlich übermorgen. Der längste Vormittag der Welt ist vorüber. Zum Mittagessen hat es Spätzli gegeben, wieder so ein süßes Zeug. Nach dem Essen ist Johanna gleich in den Garten gegangen, damit sie nur ja nicht verpaßt, wenn die Mutter die Straße heraufkommt. Wenn sie auf den gemauerten Sockel des Baumes klettert und sich an den Latten festhält, kann sie die Straße bis zur nächsten Biegung übersehen. Sie führt steil bergan, so daß von den heraufkommenden Leuten zuerst die Köpfe sichtbar werden. Es kommen nicht allzuviel Leute hier herauf. Zwischen ein und drei Uhr zählt Johanna vier Männer, zwei alte Frauen, drei Kinder, einen Radfahrer, zwei Autos, zwei Hunde, davon einen mit und einen ohne Leine. Als es im Wohnzimmer eben halb vier geschlagen hat, klingelt es an der Tür. Eine Frau in hellem Mantel steht hinter der Glasscheibe der Eingangstür. Johanna rennt den Flur entlang und reißt die Tür auf. Eine fremde Frau steht dort. Die gleiche, die schon vor zwei Tagen da war.

»Guten Tag«, sagt die Fremde und lächelt wieder Johanna zu, als ob sie miteinander bekannt seien.

»Guten Tag«, sagt Johanna. Sie fühlt, daß ihr die Tränen in die Augen steigen.

»Ich will nur etwas ausrichten«, sagt die Frau. »Deine Tante . . .« Sie blickt Johanna forschend an.

»Ja?« fragt Johanna.

»Deine Tante«, sagt die Fremde, »kann leider erst morgen nachmittag kommen. Es ist etwas dazwischengekommen.«

»Ja«, sagt Johanna.

»Oh«, sagt hinter ihr die Stimme der Frau Rückli, »das macht ja nichts, so etwas kann passieren. Wir erwarten sie also morgen.« Die Frau verabschiedet sich und geht davon.

Johanna läuft zu der Katze. Die Katze schnurrt und schmeichelt wie immer. Der Kater sitzt unter der Tanne, wo kein Schnee liegt, und alles im Garten ist, wie es schon den ganzen Tag ist. Niemand weiß, warum Johanna weint.

Am nächsten Nachmittag, kaum daß sie Mittag gegessen haben und der Herr Rückli wieder in seine Fabrik hinübergegangen ist, kommt die Mutter wirklich. Sie umarmt Johanna und sagt ihr ins Ohr: »Nichts verraten.« Sie drückt sie fest und küßt sie auf beide Wangen, ein paarmal. Frau Rückli lächelt.

»Sie haben sich wohl sehr lange nicht gesehen?«

»Sehr lange«, sagt die Mutter, »viel, viel zu lange nicht.«

Sie läßt sich erzählen, daß Johanna brav ist und Sticken übt. Ein belustigter Blick streift Johanna. Die »Tante« kennt sie ganz anders und kann sich gar nicht vorstellen, daß Johanna freiwillig Handarbeiten macht. Sie selbst scheuert auch lieber dreimal eine Diele, als daß sie ein Müffchen strickt. Die Mutter hat Johanna etwas mitgebracht: ein kleines Spieltier aus Hartgummi. Es ist die Nachbildung eines Igelkindes mit Borsten am Rücken, kleinen schwarzen Äuglein, einer spitzen Nase. Das Igeltier trägt eine Latzhose und sieht komisch aus.

»Hier, das bist du«, sagt die Mutter und gibt ihr das Tier. Frau Rückli blickt erstaunt auf. Die Mutter sieht Johanna an und streicht über die Stacheln des Igels.

»Ach«, sagt die Mutter, »Igel sind sehr klug und wehrhaft.« Dann setzt sie leicht hinzu: »Wir mögen so ulkige Tiere, Stacheltiere, Schlaftiere, Uhus, alte Eulen . . .«

»Und besonders Faulpelze«, sagt Johanna und will daran erinnern, wie die Mutter sie immer ermahnen mußte, ihr Bett zu machen, und sie es immer wieder vergessen hatte. Die Mutter war oft böse geworden und hatte gesagt, so ein faules Tier, wie Johanna es sei, das grenze geradezu an Unanständigkeit.

»Ach Gott«, sagt die Mutter, »wir wohnten nicht weit entfernt voneinander in Frankfurt, aber so oft, wie wir wollten, haben wir uns leider nicht sehen können. Und nun sind wir schon wieder getrennt.«

»Besuchen Sie das Kind, sooft Sie können«, sagt Frau Rückli. »Sie wissen, wir haben beim Internationalen Schweizer Hilfskomitee angeboten, sie aufzunehmen, solange es nötig ist. Ich fühle mich schon fast wie ihre Mutter.«

Frau Rückli lächelt in ihrer netten Art. Die Mutter lächelt auch.

»Das ist schön«, sagt sie, »daß Sie Mutterstelle an ihr vertreten.«

Sie steht auf. »Ich weiß nicht, wann ich wiederkommen kann. Ich werde auf jeden Fall von mir hören lassen. Ich muß Ihnen auch sagen, daß man Johanna nach Frankreich zu ihren Eltern schicken wird. Wann das sein wird, ist aber noch ungewiß.«

»Nach Frankreich?« Johanna will der Mutter um den Hals fallen. Also wird doch alles so werden, wie sie es beim Abschied besprochen haben. Sie wird sie zu sich holen können.

Aber wann? Johanna verabschiedet sich von der »Tante« mit einer Umarmung. »Du hast ja jetzt den Igel«, sagt sie, und ins Ohr flüstert sie ihr noch: »Der versteht alles, sei tapfer! Meine Große!«

Das alte Wort. Johanna kennt es auswendig. »Sei tapfer, tapfer, tapfer.« Wer hat bloß das Wort erfunden: Er hat überhaupt nichts davon verstanden.

Es ist wohl auch so, daß die Erwachsenen besser mit dem Wort umgehen können als Kinder. Für sie ist Tapferkeit eine Art Beruf. Aber für Kinder? Für Kinder ist es eine Schulaufgabe ohne Lehrbuch.

9

Zwei Wochen später klingelt es wieder an der Gartentür, und der Vater steht davor. »Ich bin auf der Durchreise und wollte meine Tochter besuchen«, sagt er zu Frau Rückli.

»Oh, da wird sich Johanna aber freuen!« sagt Frau Rückli und holt sie.

»Du?« sagt Johanna selig.

»Ja, ganz zufällig! Unerwartet!« sagt der Vater und gibt ihr mit den Augen ein Zeichen. Sie gehen in das Zimmer, in dem Johanna schläft. Hier sind sie allein.

Der Vater hat etwas mitgebracht, einen grünen Koffer. Er ist etwas kleiner, als üblicherweise Koffer sind. Der Vater sagt, daß es ein besonderer Koffer sei. Er habe ihn selbst hergestellt. Wenn Johanna auf Reisen geht, wird sie einen Koffer brauchen.

»So etwas kannst du?« fragt Johanna.

»Natürlich!« sagt der Vater. »Es ist ja mein Beruf, ich bin Sattler.« Und dann sagt er noch, daß er hier in der Schweiz Koffer herstelle.

Ja, er arbeite wieder in seinem Beruf, und dabei lächelt er hintergründig. Und Johanna stutzt und will mehr wissen. Aber mehr sagt der Vater dazu nicht. Er führt nur den Koffer vor. Es ist ein ganz besonders schöner Koffer. Sein Material ist Vulkanfiber. Er hat eine glatte, dunkelgrüne Haut und schwarze Beschläge an allen vier Kanten. Der Henkel ist auch schwarz, und das Schloß hat der Vater geölt, damit es leicht auf- und zuschließt. An einem Bändchen hängen zwei Schlüssel, die gehören dazu.

»Diesen Koffer«, sagt der Vater, »darfst du nicht verlieren und nicht irgendwo stehenlassen. Er gehört zu dir wie dein Kopf oder deine Ohren. Versprichst du mir das?«

Johanna verspricht es. Sie wird den Koffer überall mit hinnehmen und nie verlieren.

»Der Koffer hat ein Geheimnis«, sagt der Vater. »Ich will es dir später erklären.«

Sie gehen nach Aarau hinein, durch die Innenstadt, die um diese Zeit sehr belebt ist. Viele Leute erledigen ihre Einkäufe oder schlendern nur durch die Geschäftsviertel. Aus den Cafés strömt der Duft von Kaffee und Kuchen. An einem Straßenstand kauft der Vater ein Hörnchen für Johanna. Sie biegen in Nebenstraßen ab, kommen an einem Friedhof vorbei und dann noch einmal in eine belebtere Gegend. Vor einem mehrstöckigen Mietshaus am Ende einer mit Akazien bepflanzten Straße bleibt der Vater stehen. »Sieh dir das Haus an«, sagt er leise, »aber nicht so auffällig.« Johanna blickt hoch. Das Haus hat vier Etagen; in der oberen steht ein Fenster offen, in der mittleren sind die Rolläden herabgelassen. Im Vorgarten liegt Schnee wie überall, ein paar Büsche mögen darunter sein. Der Zaun ist aus Eisen und hat Enden in Form von Speerspitzen.

Der Vater geht langsam weiter, wechselt ein paar Häuser weiter die Seitenstraße und geht auf dem gegenüberliegenden Fußweg zurück. »Sieh noch einmal auf das Haus, merke dir jede Kleinigkeit.«

Sie gehen den Fußweg hinunter, Johanna prägt sich die Farbe der Dachziegel und die Wetterfahne ein, sie sucht nach einer Hausnummer, aber die ist abgeblättert und schwer zu erkennen.

»Nummer 47«, sagt der Vater, als sie ihn danach fragt. »In der Nähe ist ein Friedhof, diese Straße ist die einzige hier, wo Akazien angepflanzt sind. Weißt du den Namen der Straße?« Johanna hat

vergessen, auf das Straßenschild zu sehen. Der Vater erlaubt, daß sie sich kurz umdreht und nach dem Schild sieht. Es ist auch von weitem zu erkennen: Schulhäuser Straße, buchstabiert sie. Johanna wiederholt ihm alle Kennzeichen des Hauses.

»Den Straßennamen kannst du notfalls vergessen«, sagt der Vater, »wichtiger ist, daß du hierherfindest. Von der Innenstadt immer links halten, am Dom vorbei, wieder nach links abbiegen.«

»Dann kommt der Friedhof«, fällt Johanna ein.

»Richtig«, setzt der Vater fort, »und dann suchst du die Straße mit den Akazien. Du weißt, im späten Frühjahr blühen sie weißlich und duften süß.«

»Das Haus hat eine Wetterfahne wie ein Gockelhahn«, sagt Johanna, »und schwarze Dachziegel.«

»In jeder Etage sind vier Fenster. Zur Eingangstür führt eine Treppe hoch, oben hat sie einen Vorbau mit einem Glasdach. Das ist gelblich.«

»Die Hausnummer ist 47!«

Sie sind jetzt schon weit entfernt von der Straße. Der Vater bleibt stehen und sieht sich um. In einer Grünanlage um ein Reiterdenkmal stehen ein paar Bänke. Sie bleiben einen Augenblick neben dem Denkmal stehen.

»In diesem Haus, in der vierten Etage links«, sagt der Vater, »wohnt mein Freund Carl. Wie er richtig heißt, weiß ich nicht. Wir sagen Carl zu ihm. Zu ihm gehst du, wenn du irgendwann in Not bist. Er wird dir weiterhelfen. Er gehört zur ›Roten Hilfe‹.« Der Vater sieht Johanna ernst an.

»Wenn du zu ihm gehst, brauchst du nichts weiter mitzunehmen als diesen Koffer. An dem Koffer wird er erkennen, daß du von mir kommst. Er kennt sich aus mit solchen Koffern.«

Wieder lächelt der Vater dieses hintergründige Lächeln. »Abgemacht?«

»Abgemacht!« antwortet Johanna.

»Wenn du in Frankreich bist, in Paris«, setzt der Vater fort, »wird es auch so einen Carl geben, der euch weiterhilft, wenn ihr in Not seid. Mutter wird dir sein Haus zeigen.«

»Er heißt auch Carl?« fragt Johanna erstaunt.

»Sozusagen, ja«, antwortet der Vater und lacht. »Du hast recht«, sagt er dann, »er könnte auch Carl heißen. An vielen Orten der Welt haben wir einen guten Genossen, der Carl heißt. Der Carl von Paris heißt vielleicht Marcel oder Philippe oder Hanna. Nun, du wirst es ja erfahren.«

»Werde ich bald in Paris sein?« erkundigt sich Johanna.

»Ich glaube schon. Es dauert nicht mehr lange. Bis jetzt ging es nicht, weil Mutter eine zu gefährliche Arbeit hat. Sie kann dich nicht bei sich behalten. Ich kann dir auch nicht versprechen, ob sie es in Zukunft können wird. Kann sein, du wirst bei Freunden unterkommen. Aber du weißt ja, Johanna, wir Erwachsenen müssen jetzt kämpfen. Einmal werden wir wieder eine richtige Familie sein.«

»Wann ist das?« fragt Johanna.

Der Vater schweigt.

»Kann ich nicht inzwischen bei dir wohnen?« fragt Johanna.

Sie würde auch alles so machen, wie er sagt.

Der Vater schüttelt den Kopf. »Das geht leider nicht«, sagt er. »Ich habe doch auch eine gefährliche Arbeit. Bei mir wärst du nicht sicher.«

Mehr erklärt er nicht, und Johanna muß sich damit zufriedengeben.

»Und was ist mit dem Koffer?« fragt Johanna. »Du hast gesagt, er hat ein Geheimnis!«

Der Vater zieht Johanna dicht an sich heran. »Er hat einen doppelten Boden!« sagt er leise. »Wenn du auf den verborgenen Knopf links vom Schloß drückst, springt der Boden auf. Du kannst alle deine Geheimnisse darin aufbewahren.«

Johanna strahlt. Sie will nun gleich nach Hause, um es auszuprobieren.

Der Vater bringt Johanna zurück zu der Familie Rückli, umarmt sie noch und küßt sie auf die Stirn. Dabei sagt er das gleiche, was schon die Mutter gesagt hat: »Sei tapfer, Kopf hoch!«

Wie der Vater so dasteht vor ihr, so ein bißchen unglücklich und verlegen dabei aussieht, tut er Johanna leid, und sie denkt bei sich: Was sie nur alle haben, natürlich werde ich tapfer sein und mutig, und das Alleinsein halte ich auch aus.

»Mach dir keine Sorgen«, sagt sie zum Vater und gibt sich Mühe, ihre Stimme so forsch wie möglich klingen zu lassen.

Als der Vater weg ist, nimmt sie den grünen Koffer und untersucht ihn von allen Seiten. Überall glaubt sie die Spuren von Vaters Händen zu entdecken. Er hat die Kanten geformt und die Schlösser geölt, er hat viel Arbeit mit diesem Koffer gehabt. Das Interessanteste aber ist sein Geheimnis. Johanna sucht den verborgenen Knopf, drückt darauf – und siehe da, der zweite Boden springt auf. Johanna ist begeistert. Jetzt hat sie eine geheime Schatzkammer!

In der Nacht taut der ganze Schnee weg. Es wird wärmer. Der März ist da. Johanna geht durch den Garten und findet lauter Dinge, die sie bisher nicht gesehen hat. Sie haben unter dem Schnee Winterschlaf gehalten, und nun zeigen sie sich Johanna. Eine weißlackierte Bank mit einer Zahl auf der Lehne, eine Treppenstufe zu einem Blumenbeet. Sie erkennt Anpflanzungen und Wege. Die Luft erwärmt sich, die ersten Krokusse und Märzenbecher brechen aus der Erde.

Als auch der letzte Schneerest im hintersten, dunkelsten Teil des Gartens weggetaut ist und die Bergmassive hinter Aarau einen leichten Dunstschleier bekommen, sagt eines Mittags Frau Rückli: »Johanna, in zwei Tagen wirst du abreisen!«

Johanna will losjubeln, aber dann sieht sie das bekümmerte Gesicht der Frau Rückli, der der Abschied nicht gleichgültig ist.

»Du wirst nach Frankreich fahren, in die Weltstadt Paris!« sagt Frau Rückli. »Ich beneide dich.« Dann erklärt sie ihr die Einzelheiten, soweit sie etwas weiß, und viel weiß sie nicht, meint sie. Bis zur nächsten großen Stadt, nach Basel, werden sie Johanna noch begleiten. Dort wird Johanna allein in den Zug steigen und nach Genf weiterfahren. In Genf wird eine Dame vom Völkerbund sie in Empfang nehmen und in den Zug nach Paris setzen, und in Paris wird sicher die Mutter auf sie warten.

Johanna verabschiedet sich vom Hund. Er hatte sich an die Versteckspiele mit Johanna gewöhnt. Der stolze Kater tut, als ob ihn das alles nichts anginge. Die Katze schnurrt und schmeichelt wie an jedem Tag.

Johanna packt den grünen Koffer. Viel hat sie nicht hineinzulegen. Das Kleid mit der Schärpe, die kleine Lackledertasche, die beiden Märchenbücher und den Igel. Frau Rückli packt ein wenig Wäsche dazu und schenkt ihr zum Abschied ein kleines Buch, dessen Deckel mit Samt bezogen ist. Es ist ein Tagebuch, erklärt sie Johanna, sie sei jetzt in dem Alter, wo sie so etwas bestimmt brauche.

Johanna öffnet das Buch und betrachtet die weißen Seiten und den schönen Einband. So ein Tagebuch hatte Lisa Cronheimer. Plötzlich ist Lisas Gesicht wieder da. Wie gut sie Gedichte rezitierte und geheimnisvoll von ihrem Tagebuch sprach, in das kein Mensch auf der Welt, nicht einmal ihre beste Freundin Johanna Rademacher, einen Blick werden durfte! Wo mochte Lisa jetzt sein? Johanna denkt: ob sie noch lebt?

»Danke schön«, sagt Johanna und drückt die Frau Rückli, und dies Dankeschön geht ihr leicht über die Lippen. Sie freut sich wirklich über dieses Buch. Sie steckt es in ihre geheime Schatzkammer.

Bis Basel ist die Reise einfach. Johanna sitzt neben Frau Rückli in dem polierten schwarzen Auto. Herr Rückli chauffiert. Johanna genießt noch einmal die Autofahrt. Da geht alles viel zu schnell vorbei.

Auf dem Baseler Hauptbahnhof kaufen sie eine Fahrkarte nach Genf. Frau Rückli sucht nach Mitreisenden, denen sie Johanna anvertrauen könnte. Sie findet schließlich ein Ehepaar, das bis kurz vor Genf mitfährt. Sie versprechen, Johanna rechtzeitig die Station zu sagen.

Frau Rückli hat sich etwas für Johannas Sicherheit ausgedacht. Auf einem Pappschild, das sie Johanna an einem Bindfaden um den Hals hängt, steht in Druckbuchstaben: Emigrante allemande, Genf. Das heißt: Deutscher Emigrant, Genf. Die Frau vom Schweizer Hilfskomitee für Flüchtlinge hat es ihr so geraten.

Johanna steht da, in der Hand den grünen Koffer, um den Hals das Pappschild, und kommt sich blöd vor. Wie ein Tier aus dem Zoo, denkt sie und fragt Frau Rückli, ob sie das Ding da unbedingt umhängen müsse. Frau Rückli besteht darauf.

Der Abfahrtspfiff der Lokomotive ertönt. Johanna steht am Abteilfenster und winkt, solange sie das Ehepaar Rückli erkennen kann. Die Frau hat ein weißes Taschentuch in der Hand, mit dem sie heftig in der Luft wedelt. Herr Rückli hebt kurz die Hand mit dem Hut zum Gruß. Johanna winkt zurück, solange sie beide auf dem Bahnsteig erkennen kann. Dann geht sie ins Abteil, sieht nach dem Koffer, der im Gepäcknetz verstaut ist, und setzt sich auf ihren Platz.

Sie fahren an einer frühlingshaft grünen Landschaft vorbei. Vereinzelt sieht man Bauernhöfe an den Hängen, manchmal ein kleines

Dorf, auch eine Stadt, dann wieder lange Zeit nichts als Wiesen und Hänge.

Sie fahren nicht sehr lange, doch Johanna kommt es vor, als ob es einige Stunden sind. In Wirklichkeit ist es eine viel kürzere Zeit. Sie lauscht den Gesprächen der Mitreisenden. Anfangs hört sich alles an wie im Hause der Frau Rückli, das Schweizerdeutsch ist ihr schon vertraut.

Dann steigen einige Mitreisende aus, andere kommen hinzu. Johanna stellt fest, daß deren Unterhaltung fremd klingt. Zuerst kann sie noch diesen oder jenen Satz verstehen. Dann wird die Sprache immer unverständlicher. Johanna hört zu, ohne ein einziges Wort zu verstehen.

Sie weiß nicht, daß sie sich jetzt im französischen Teil der Schweiz befindet und die Leute statt des bisherigen Schweizerdeutsch nun Französisch sprechen. Johanna wird unruhig. Ist sie gar nicht mehr in der Schweiz? Wo befindet sie sich? Johanna traut sich nicht, jemanden zu fragen. Sie wartet, daß der Zug an einer Station anhält und sie sich vergewissern kann, wo sie sich befindet.

Der Mann, dem Frau Rückli Bescheid gesagt hatte, steckt den Kopf durch die Abteiltür und sagt: »Nächste Station ist Genf. Da mußt du aussteigen!«

Johanna atmet erleichtert auf. Sie zieht den Mantel an, setzt die Mütze auf und holt den grünen Koffer aus dem Gepäcknetz. Aber es ist noch nicht soweit. Dann endlich knirschen die Bremsen, der Zug verlangsamt sein Tempo und fährt in das Bahnhofsgebäude ein. Johanna geht mit den anderen Reisenden zur Tür und klettert die hohen Trittstufen hinunter. Hinter ihr drängen die anderen nach. Der Bahnhof ist erfüllt von Rufen und Lärmen. Gepäckträger eilen herbei, ein hochbepackter Karren mit Paketen wird an der Bahnsteigkante entlanggerollt. Soeben kommt wieder ein Zug in die Halle gefahren, und ein anderer fährt ab. Johanna blickt sich ratlos um. Ihr Blick fällt auf ein großes, mit Druckbuchstaben geschriebenes Schild. »SORTIE«, buchstabiert Johanna. Sortie? Wieso Sortie? Sie wollte doch in Genf aussteigen und nicht in Sortie!

Johanna dreht sich nach ihrem Zug um. In diesem Augenblick setzt er sich in Bewegung und rollt rückwärts aus der Halle.

»Halt!« ruft Johanna. »Sofort anhalten!« Sie läuft neben dem Zug her. Aber der Zug vergrößert seine Geschwindigkeit und verläßt Dampf ablassend und zischend den Bahnhof.

Johanna bleibt auf dem Bahnsteig zurück, den Koffer in der Hand, das Pappschild um den Hals. Die Leute, die an ihr vorübergehen, lesen das Schild und gehen weiter. Einige nicken und lächeln ihr freundlich zu. Einmal spricht ein Mann sie an. Sie versteht nicht, was er sagt, und antwortet nicht. Da zuckt er die Achseln und geht weiter.

Warum bin ich bloß in Sortie ausgestiegen und nicht in Genf, denkt Johanna unglücklich. Der erste Schreck verwandelt sich allmählich in Wut. Warum muß ausgerechnet ihr das passieren, warum nur? Sie will nach Genf! In Genf wartet eine Frau vom Völkerbund auf sie und soll sie abholen und zum Zug nach Paris begleiten. Was will sie bloß in diesem blöden Sortie?

Johanna setzt sich auf den grünen Koffer und hat Mühe, die Tränen zurückzuhalten. Sie denkt, jetzt müßte ein Wunder geschehen.

In diesem Moment kommt eine Frau in grünem Lodenmantel auf sie zu und sagt: »Bist du vielleicht die kleine Rademacher aus Aarau?« Johanna nickt.

»Gott sei Dank!« sagt die Frau und will ihr den Koffer abnehmen. »Ich hab mich nämlich verspätet und geglaubt, du würdest schon schrecklich heulen. Aber wie ich sehe, bist du ein tapferes Mädchen.«

»Woher kennen Sie mich?« fragt Johanna und läßt den Koffer nicht los.

»Ich bin doch die Frau Pfeifer vom Völkerbund!« antwortet sie und legt Johanna den Arm um die Schultern.

»Sei nicht bös, gelt? So eine Verspätung kann vorkommen. Jetzt gehen wir erst einmal etwas essen, und dann zeige ich dir Genf.«

»Genf?« fragt Johanna erstaunt. »Wieso Genf? Wir sind doch hier in Sortie?«

Die Frau blickt sie verständnislos an.

Johanna zeigt auf das Schild in der Bahnhofskuppel.

Da beginnt die Frau schallend zu lachen. Sie kann sich gar nicht wieder beruhigen. »Sortie heißt auf französisch Ausgang!« erklärt sie schließlich.

»Ach so«, sagt Johanna leise und kann nicht so richtig darüber lachen.

So einfach ist das also. Ein kleiner Irrtum, ein fremdes Wort, das man nicht kennt, und schon sitzt einem der Schrecken im Halse, und man glaubt, alles ist aus. Das wird sich Johanna merken. Ein zweites Mal passiert ihr das nicht.

Sie geht neben der fremden Frau zum Ausgang. Vor dem Bahnhofsgebäude empfängt sie das bunte, lebhafte Gewimmel der Stadt. Ein paar Stunden bleibt Johanna in Genf. Sie bekommt etwas Warmes zu essen und etwas zu trinken. Dann zeigt ihr Frau Pfeifer das Gebäude des Völkerbundes. Gegen Abend steht sie wieder auf dem Bahnsteig, diesmal ohne das Pappschild um den Hals, mit dem grünen Koffer in der Hand. Frau Pfeifer verabschiedet sich von ihr und sagt, diesmal brauche sie erst auszusteigen, wenn der Zug endgültig nicht mehr weiterfährt. Dann ist sie nämlich in Paris.

10

Als Johanna erwacht, ist es noch dunkel im Zimmer. Im ersten Augenblick weiß sie überhaupt nicht, wo sie sich befindet. Jemand bläst seinen Atem über ihr Ohr. Die Schläfenhaare kitzeln. Johanna reibt sich die Augen und erwacht endgültig. Sie setzt sich im Bett auf und sieht sich um. Vor dem Bett steht die Mutter, fertig angezogen und sagt: »Aufstehen, aufstehen!«

Johanna macht gleich wieder die Augen zu und legt sich aufs Kissen zurück. So etwas Schönes muß man genießen.

»Nichts da!« sagt die Mutter entrüstet. »Es ist heller Tag!« Johanna bleibt nichts anderes übrig, als ebenfalls aufzustehen, sich zu waschen und anzukleiden. Die Mutter will mit ihr in eines der Bistros unten an der Straßenecke frühstücken gehen.

Auf der Straße sind um diese Morgenstunde schon viele Leute. Hausfrauen in Pantoffeln und im Morgenrock, in den Haaren noch Lockenwickler, schlurfen über die Straße zum Bäcker. Manche tragen eine Flasche Milch im Arm, fast alle haben einen Korb oder ein Netz in der Hand, aus denen eine lange Gerte herausragt. Johanna deutet darauf.

»Was ist das?«

»Das ist die Baguette«, erklärt die Mutter, »das typische Weißbrot der Franzosen. Es ist ein dreiviertel Meter lang, sehr knusprig, frisch. Es wird in Paris zweimal am Tag frisch gebacken. Sogar sonntags!«

Johanna möchte probieren, wie es schmeckt.

»Natürlich probieren wir es!« sagt die Mutter.

Johanna folgt ihr in eines jener kleinen Bistros, die es in Paris an jeder Straßenecke gibt und in denen man für ein paar Sous einen Kaffee und Stück Weißbrot bekommt. Mit ihnen frühstücken viele Franzosen, Männer in Arbeitskleidung und Frauen mit einem Einkaufskorb über dem Arm, Ladenmädchen, kleine Angestellte.

Johanna hört auf die noch ungewohnte, fremde Sprache, stippt ihr Hörnchen in den Milchkaffee und beobachtet die Mutter. Die Mutter hat das Geld in der Manteltasche gezählt, bevor sie an der Theke das Frühstück bestellte. Da ahnt Johanna, daß die Mutter das nicht jeden Tag macht, nicht so selbstverständlich und in Ruhe frühstückt.

Sie sieht in das Gesicht der Mutter. Es schaut müde aus, mit Schatten unter den Augen und Falten an der Nasenwurzel.

»Komm!« sagt die Mutter. »Ich muß noch etwas erledigen!«

Sie geht mit Johanna die Rue de l'Ouest hinauf, dann um ein paar Straßenecken und noch einmal eine breite Straße hinauf, in der viele Geschäfte sind, so daß Johanna oft stehenbleiben und in die Auslagen der Geschäfte schauen möchte. Die Mutter bleibt nicht stehen, auch nicht an dem Laden mit den Puppenköpfen, den rosa und weißen Porzellangesichtern, mit Häubchen darüber und Schleifen unterm Kinn, mit Matrosenkragen und echten Schlafaugen, und eine, scheint es Johanna, sieht aus wie die Puppe Lilo. Johanna rennt zurück.

»Mama!« ruft Johanna. »Sieh doch mal, wer hier sitzt!«

Die Mutter ist weitergegangen und schaut sich ungeduldig um. Da fällt Johanna ein, daß die Mutter mit dem Puppengesicht gar nichts anfangen kann, sie hat Lilo ja nicht gekannt. Und plötzlich ist Lilo weit entfernt, irgendwo im Gestern, das Johanna nun auch verlassen hat. Die Mutter bleibt vor einem Mietshaus stehen und sucht nach der Hausnummer. Die Adresse scheint zu stimmen. Sie bittet Johanna, im Hauseingang zu warten und sich nicht von der Stelle zu rühren, bis sie wiederkomme. Johanna verspricht es. Die Mutter bleibt lange fort. Johanna sieht dem Treiben auf der Straße zu. Gegenüber werden von einem Lastwagen Stiegen mit Gemüse abgeladen, die

Säcke mit Kartoffeln kommen ins Rutschen, der Fahrer springt hinzu, verhindert das Rutschen, flucht. Sie versteht kein Wort, aber sie kann sich ungefähr denken, was der Gemüsefahrer jetzt gesagt hat. Er schimpft den Sack mit Kartoffeln aus, der da ins Rutschen kam, vielleicht schimpfte er über das andere gleich mit: über das Gemüse überhaupt, mit dem er seine Plage hat, über den Gemüsehändler, für den er die Ware anfährt und der da drin im Laden steht und vielleicht sieht, wie ungeschickt sich der Fahrer wieder anstellt. Vielleicht schimpft er auch über das Wetter, auf den feinen Nieselregen, der am Morgen über die Stadt gezogen ist und von dem noch jetzt das Straßenpflaster glänzt und der den Lastwagen gehindert hat, rascher zu fahren. Vielleicht hat der Fahrer die Ladung besonders eilig aufgeladen, und nun sind die Säcke ins Rutschen gekommen.

Natürlich weiß Johanna das alles nicht genau. Sie hört nur, wie der Mann flucht, sie sieht den rutschenden Kartoffelsack, das Pflaster. Sie riecht, daß das Feuchte noch immer in der Luft liegt, und sie riecht, was aus dem Gemüseladen an Gerüchen quillt und aus dem Torweg neben ihr. Das ist Geruch von Waschlauge, der aus Spülbekken in den Küchen der Pariser Hausfrauen quillt, die um diese Zeit die Hemden ihrer Männer und die Strümpfe ihrer Kinder waschen. Das ist der Duft von Suppenfleisch und Lauch, der von den Kochherden aufsteigt, auf denen das warme Essen für die Familien gekocht wird. Das sind so viele, hunderterlei Gerüche, und in Johannas Nase mischt sich das alles, und manches erkennt sie, und vieles ist ihr fremd.

Ungewohnt ist ihr auch, wie die Kinder in Paris gekleidet sind. Für Johannas Vorstellungen sehen sie elegant aus. Die kleinen Mädchen, die an der Hand der Mütter gehen, tragen hübsche Kleidchen mit gerüschten Kragen und Bändern. Das Erstaunlichste aber sind die nackten Knie. Keiner trägt so häßliche, dicke Wollstrümpfe wie Johanna. Die meisten haben Kniestrümpfe, einige aber sogar schon Söckchen an. Johanna und ihre Mitschülerinnen daheim in Frankfurt durften erst Ende Mai die langen Strümpfe in den Schrank verbannen.

Jetzt ist es April, und die Frühlingssonne wärmt zaghaft. Johanna sieht die nackten Knie der Pariser Kinder mit großer Bewunderung.

Als die Mutter im Torweg des Hauses auftaucht und Johanna fragt, wie es ihr in den Gassen von Paris gefällt, ist es das erste, was sie ihr berichtet. Die Mutter lächelt. »Stell dir mal vor«, sagt sie, »die französischen Kinder tragen auch im tiefsten Winter Kniestrümpfe. Sie kennen keine langen Strümpfe.«

»Frieren sie denn nicht?«

»Doch, sie frieren. Aber sie sind es so gewohnt.«

Johanna kann sich nicht vorstellen, bei Schnee und Eis mit nackten Knien herumzulaufen.

»Aber dafür haben sie sehr hübsche Kleider«, bemerkt sie.

Die Mutter muß auch das korrigieren.

»Wenn die Kinder in die Schule gehen, tragen sie alle die gleichen dunklen Kittel. In der Schule ist eine einheitliche Schulkleidung vorgeschrieben. Die hübschen Kleidchen hängen zu Hause im Schrank und werden nur nachmittags, meist aber nur sonntags herausgeholt.«

Die beiden sind während des Gesprächs weitergegangen. Immer wieder dreht sich Johanna neugierig nach den Auslagen der Geschäfte um. Die Mutter übersetzt die Aufschriften an den Häuserwänden. Das Französisch der Mutter ist noch mangelhaft, aber was ein Hotel ist, ein Blumenladen, eine Wäscherei, ein Friseur, das kann sie lesen und sogar aussprechen. Es klingt sehr ulkig, findet Johanna, und die Mutter sagt, nein, es klingt überhaupt nicht ulkig, es klinge sehr charmant. Französisch sei eine der schönsten und klangvollsten Sprachen der Welt. Johanna kann das nicht beurteilen. Da hat die Mutter eine Idee. Sie zieht Johanna auf den Markt. Es ist ein Gewirr von Ständen und Buden, das sich in einer Nebenstraße unvermittelt vor ihnen auftut. Hier kann man beinahe alles kaufen: Hemdenknöpfe und Radios, Veilchen und Nachttöpfe, Lackritze und Schreibpapier, Möbel, Kleider, Lampenschirme. Alles, sagt die Mutter, man braucht nur das nötige Kleingeld. Sie stellen sich mitten ins Gewimmel zwischen Verkäufer und Käufer, die lebhaft über den Preis verhandeln, die Waren prüfen, anfassen, ins Licht halten, wieder hinlegen, weitergehen, sich umdrehen und schließlich doch kaufen, nicht ohne noch einmal über einen neuen Preis verhandelt zu haben.

Die Mutter erklärt Johanna, nach welchen Gesetzen dieser Verkauf stattfindet. Johanna sieht es erstaunt und etwas erschrocken, weil es so aussieht, als ob sich die Leute dauernd streiten. Aber das sind nur die lebhaften Gesten der Franzosen, ihr rascher Tonfall, ihre schöne, heftige Art, sich zu bewegen.

»Und nun«, sagt die Mutter, »mach die Augen zu und höre nur auf die Sprache!«

Johanna macht die Augen zu. Sie hört jetzt genauer. Die Ohren können sich konzentrieren, die Augen haben Pause. Jetzt hört Johanna wirklich. Sie hört eine Minute oder zwei intensiv zu. Dann öffnet sie die Augen wieder und sagt: »Stimmt, du hast recht. Das Französische gefällt mir auch.«

»Na bitte«, sagt die Mutter. Nun sind sie einer Meinung.

Hand in Hand gehen sie weiter.

»Ich bin so froh, daß du da bist«, sagt die Mutter.

»Ich bin auch froh!« sagt Johanna und sieht zu der Mutter hoch, die Mutter ihr ins Gesicht.

»Aber warum siehst du traurig aus?« fragt Johanna.

»Sehe ich traurig aus?« fragt die Mutter.

»Ja«, sagt Johanna, »du machst ein Gesicht wie Zwerg Nase.«

Die Mutter zieht sie an sich.

»Mein Liebes«, sagt sie, »ich habe mich so sehr gefreut, daß du endlich zu mir nach Paris kommen kannst und wir wieder zusammen wohnen können. Ich habe sogar schon ein kleines Zimmer in der Rue de l'Ouest, ganz oben unterm Dach, gefunden. Es ist nicht sehr groß, aber für uns beide würde es reichen. Die Wände sind schräg, ein Fenster ist auch da. Man sieht über die Dächer der Nachbarhäuser.«

Die Mutter lächelt. »Ein Bett steht darin, wie es in den Zimmern hier üblich ist. Breiter als dein Bett zu Hause, aber nicht ganz so breit wie ein Doppelbett. Gerade ausreichend, daß zwei Leute darin schlafen können.«

»Prima!« sagt Johanna. »Ich kringele mich zusammen wie eine Zuckerschnecke, dann schlafen wir bestimmt gut!«

»Und wärmen uns, wenn es mal nicht so warm ist«, sagt die Mutter.

»Ich soll wieder deine Wärmflasche sein!« protestiert Johanna.

»Auch die Miete ist erschwinglich«, sagt die Mutter. »Alles in allem genau das Zimmer, das wir für uns beide brauchten.«

»Komm, wir gehen hin!« sagt Johanna.

»Warte noch«, antwortet die Mutter, »ich will dir erst Paris zeigen. Zum Beispiel den Park, in dem ich so oft spazierengegangen bin, wenn ich allein war und an dich und Vater gedacht habe.«

»Gut«, sagt Johanna, »jetzt zeigst du mir deinen Park, und dann gehen wir in unser Zimmer!«

Der Park heißt »Jardin du Luxembourg«. Er hat große Rasenflächen, die Wege sind mit Kies bestreut und von Hecken eingerahmt. Ein Schloß steht mitten darin. Blumenbeete, Rondelle, eben erblühende Büsche verbreiten zarte Düfte. Mitten in den Rasenflächen zwischen den Wegen gibt es Brunnen mit geschwungenen weißen Marmorschalen, in denen das Wasser plätschert, und daneben Statuen aus Bronze und Marmor. Sie blicken von ihrem Sockel auf die Spaziergänger herunter und ihnen nach. Die Mutter kennt manche mit Namen, und sie hat ihre Lieblinge dabei. Sie zeigt Johanna eine Bank neben großblättrigen Büschen, auf der sie am liebsten sitzt, die noch am späten Nachmittag Sonnenstrahlen bekommt und von der aus man einen guten Blick über den Park hat.

In der Mitte des Gartens vor dem Schloß entdeckt Johanna ein achteckiges Wasserbecken. Zu beiden Seiten auf bunten Marmorsäulen stehen Figuren. Das ist David und eine Nymphe, erklärt ihr die Mutter. Johanna sieht sie sich genau an.

Sie spazieren lange in diesem Park umher. Johanna rennt und versteckt sich hinter den Marmorfiguren. Dann muß die Mutter sie suchen, und jedesmal ist ein wenig Herzklopfen dabei, ob sie sich wiederfinden. Allmählich werden sie müde. Sie setzen sich auf eine Bank zum Ausruhen. Johanna, vom Laufen erhitzt, öffnet die Jacke am Hals, nimmt die Mütze ab. Die Haare sind wuschlig und verschwitzt. Die Mutter kramt aus ihrer Handtasche einen Kamm heraus. Sie beugt sich zu Johanna, um sie zu kämmen. Johanna zuckt zurück. Sie macht sich los und fährt sich mit beiden Händen durchs Haar.

»Johanna!« sagt die Mutter streng. Johanna blickt sich um. Da steht die Mutter, in der ausgestreckten Hand den Kamm und wirkt unsicher auf sie. »Hannele«, wiederholt sie, »was ist denn, ich will dich doch bloß kämmen!«

Johanna wendet sich ab. »Aber Mama«, sagt sie, »laß doch!« Die Mutter besteht darauf, ihr das Haar zu kämmen. Widerwillig gehorcht Johanna. Die Mutter weiß wohl nicht, daß Johanna inzwischen ein großes Mädchen geworden ist. Sie denkt wohl, sie sei immer noch neun Jahre alt und ließe sich kämmen wie ein Kleinkind!

Die Mutter spürt, wie Johanna zurückweicht. Sie packt den Kamm wortlos wieder ein. Drei Jahre sind eine lange Zeit. Sie müssen sich erst wieder aneinander gewöhnen.

»Gehen wir jetzt in unsere Wohnung?« fragt Johanna.

»Einen kleinen Umweg müssen wir noch machen«, sagt die Mutter. »Es dauert nicht lange, du kannst wieder warten.«

Sie gehen in die Straße zurück, in der sie schon am Vormittag waren. »Drück die Daumen!« sagt die Mutter, bevor sie sich zum Gehen wendet. Johanna blickt sie fragend an.

»Es ist sehr wichtig!« bedeutet ihr die Mutter.

Johanna drückt die ganze Zeit die Daumen, so fest sie nur kann. Als die Mutter wiederkommt, ist ihre fröhliche Miene wie weggeblasen.

»Es soll nicht sein!« sagt sie wütend und ballt die Fäuste.

»Was ist denn passiert?« fragt Johanna.

Die Mutter rennt vor der Toreinfahrt hin und her. Plötzlich verschwindet sie wieder im Haus. Johanna wartet ungeduldig und mit dem Gefühl, daß etwas Ungutes bevorsteht.

Als die Mutter wiederkommt, ballt sie nicht mehr die Fäuste und rennt auch nicht mehr wie ein Stier an der Leine hin und her. »Ich habe es schon heute morgen erfahren. Aber ich wollte es nicht glauben und habe auch immer noch gehofft, es könne noch geändert werden. Aber jetzt steht es endgültig fest. Wir können nicht zusammen bleiben, Johanna.«

»Wir können nicht zusammen bleiben?« Johanna kann es nicht glauben. Sie sind doch gerade erst drei Tage beieinander! Die Mutter hat erzählt, sie habe schon ein Zimmer unterm Dach, von dem man die anderen Dächer überblicken kann und in dem ein Bett steht, in dem sie beide Platz haben.

Die Mutter nickt. Alles war vorbereitet für ihr Zusammenleben. Nur der Auftrag der Genossen, daß sie wieder in die Schweiz geschickt werden muß, kommt unvermutet. Der ursprüngliche Plan sah vor, daß sie eine Arbeit in Paris übernehmen wird. Nun sind zwei Genossen durch Verrat in die Hände der Faschisten geraten und nach Deutschland ausgeliefert worden. Sie wird den Platz des einen in der Schweiz einnehmen. Es gibt keine andere Möglichkeit, sosehr sie auch möchte.

»Heißt er Carl?« fragt Johanna.

Die Mutter stutzt. »Wie kommst du darauf?«

Johanna erzählt ihr, was sie mit dem Vater erlebt hat. Die Mutter nickt. »Ich werde jetzt dieser Carl sein«, sagt sie. »Vielleicht haben wir bald einen Nachfolger, dann kann ich zurück nach Paris kommen.«

Sie streichelt Johanna über das Haar. Johanna hält still.

»Komme ich auch mit zurück in die Schweiz?«

Die Mutter schüttelt den Kopf. »Du bleibst hier in Paris bei einer Familie.« Die Mutter erzählt Johanna, daß sie selbst in den letzten Monaten bei dieser Familie gewohnt hat. Sie haben zwei Töchter, mit denen Johanna sich bestimmt anfreunden wird. Die eine, glaubt die Mutter zu wissen, ist in Johannas Alter.

»Sei nicht traurig, Hannele«, bittet die Mutter, »sei tapfer, ich bin es auch.«

Johanna sieht die Mutter nicht an.

»Was wird aus dem Zimmer unterm Dach?« fragt sie.

»Das Zimmer wartet auf uns!« sagt die Mutter. »Paß auf, eines Tages wohnen wir beide darin.«

»Und der Papa?« fragt Johanna.

Die Mutter überlegt einen Moment.

»Es wird noch etwas dauern«, antwortet sie, »aber eines Tages wohnen wir wieder alle drei in einem Zimmer.«

Johanna möchte fragen, wann das sein wird, dieses »eines Tages«. Sie hat diesen Satz schon so oft gehört, daß sie ihn überhaupt nicht mehr leiden kann.

»Eines Tages, eines Tages ...«, macht sie den Tonfall der Mutter nach. »Eines Tages bin ich tot!« schreit sie heftig.

»Aber Johanna!« sagt die Mutter erschrocken. »Sag nicht so etwas!«

11

Die Familie Schreiner ist auch keine vollständige Familie. Sie besteht nur aus der Mutter, den beiden Töchtern und einem schwarzweiß gefleckten Kater. Sie haben zwar auch einen Vater, aber der kämpft seit ein paar Monaten in Spanien in den Internationalen Brigaden. Aus aller Welt sind freiwillige Kämpfer zur spanischen republikanischen Armee gestoßen, um ihr im Kampf gegen die Diktatur Francos zu helfen. Vater Schreiner ist bei den Verteidigern der Stadt Madrid. Sein Foto steht im Wohnzimmer auf dem Schränkchen. Die Frau zeigt es Johanna gleich, als sie am Morgen eintreffen. Die Familie Schreiner ist eine der ersten deutschen Emigrantenfamilien. Sie leben schon vier Jahre in Paris und haben sich hier einrichten können. Die beiden Mädchen besuchen eine französische Schule, die Mutter fertigt Übersetzungen für ein Büro an. Es geht nicht glänzend, aber sie können leben. Wenn man aus dem Wohnzimmerfenster sieht, blickt man direkt auf den Eiffelturm. Das jüngere der Mädchen, eine achtjährige Blonde, zieht Johanna zu ihrem Aussichtsplatz. Sie will, daß Johanna den Anblick des Turms bewundert; sie erklärt gleich dreimal, daß das der Eiffelturm sei, der berühmte Eiffelturm. Johanna nickt und sieht hinaus. Das ältere der Mädchen mag so alt sein wie Johanna selbst. Es betrachtet sie forschend von der Seite und wartet ab.

Die beiden Frauen sprechen von Spanien und von den Männern. Johannas Mutter erzählt von einem, der letzte Woche verwundet zurückgekommen ist. Ein Bein mußte ihm amputiert werden. Ein anderer, den sie auch kennen, ist gefallen.

»So viele fallen«, sagt die Frau beunruhigt, »viel zu viele.« Johannas Mutter nickt.

»Sei ganz ruhig«, tröstet sie, »dein Mann wird gesund wiederkommen. Du darfst dir nicht noch selbst Angst machen.«

Die Frau sieht zu dem Foto des Mannes und macht eine kleine hilflose Bewegung mit der Hand über die Stirn. Johanna sieht das. Warum müssen die Männer nach Spanien und dort kämpfen? Wo ist das, Spanien? Ist das sehr weit weg?

»Wo ist das, Spanien?« fragt sie laut. Die Mädchen, die jetzt beide neben ihr am Fenster stehen, sehen sie erstaunt an. Weiß das fremde Mädchen nicht einmal, wo Spanien liegt? Gleich nebenan, über die Pyrenäen weg.

Johannas Mutter lächelt. Sie sagt ein paar Sätze darüber, daß Johanna erst vor ein paar Monaten aus Deutschland weggegangen ist, daß sie in der Schweiz bei einer Familie gewohnt hat, die unpolitische Leute waren, die Johanna zwar ein Obdach gewährt, aber ihr nichts davon erzählt haben, wofür in Spanien gekämpft wird. Sie sagt, daß die Familie Schreiner Johanna ein bißchen aufklären solle. Und überhaupt, Johanna muß nun auch Französisch lernen, damit sie genau wie die anderen Kinder in die Schule gehen kann. In der Schweiz hat sie nicht am Schulunterricht teilnehmen können. Bestimmt hat sie viel verlernt. Es ist dringend nötig, daß sie die fremde Sprache lernt und recht bald hier zur Schule gehen kann.

Frau Schreiner nickt und antwortet, daß sich ihre Töchter kümmern werden.

Die beiden Mädchen betrachten Johanna wieder neugierig. Die Jüngere sagt etwas auf französisch, die ältere lacht. Johanna versteht kein Wort. Sie wendet sich ab, natürlich gekränkt, und schaut hinaus über die Dächer.

»Ich heiße Helga«, sagt da das ältere Mädchen in ihrem Rücken.

»Ich heiße Johanna«, antwortet sie und dreht sich nicht um.

»Wie alt bist du?« fragt Helga.

»Zwölf Jahre«, antwortet Johanna.

»Ich bin vierzehn«, sagt Helga.

»Und ich bin schon neun«, sagt die kleine Blonde.

Dann sagen sie eine Weile gar nichts, sehen nur hinaus auf die Dächer, während die Mütter am Tisch sitzen und sich immer mehr in ihr Gespräch vertiefen.

Die drei Mädchen hören nicht zu. Sie knien nebeneinander auf dem braunen Sofa, die Arme auf die Lehne gestützt.

Die Mädchen erklären, wie die Straßen da unten heißen, was sich in den Geschäften verbirgt, in welcher Richtung der Park und die Schule liegen, wo man entlanggeht, wenn man zum Seine-Fluß hinunter will. Johanna tastet sich an den Erklärungen der Mädchen durch die fremde Stadt.

Zwei Wochen später weiß Johanna allein, welche Gassen man hinunterlaufen muß, um den Schulweg abzukürzen, in welcher Richtung der Platz mit dem weißen Reitermonument liegt. Sie kennt den Hinterhof, auf dem die Mädchen Kreisel spielen und Himmel und Hölle, sie weiß, wer in der Wohnung gegenüber wohnt und daß die Familie unter ihnen einen dicken Hund hat. Dreimal hat sie sich schon ein Buch mit französischen Feenmärchen angesehen, daß Helga ihr geliehen hat. Die Worte kann sie nicht lesen, aber die farbigen Bilder betrachtet sie immer wieder und versucht einen Zusammenhang zwi-

schen ihnen und den Unterschriften herzustellen.

Helga erzählt ihr von der Schönen und dem Tier, von denen das Märchen handelt. Sie hört ihr gern zu, denn Helga kann spannend erzählen. Überhaupt ist es am meisten Helga, die sich um sie kümmert.

Sie nimmt sie mit, wenn sie Weißbrot beim Bäcker kaufen geht und Milch im Eckladen. Johanna steht neben ihr, wenn Helga die Ware verlangt, sie lauscht den französischen Worten, merkt sich den Gruß, den Helga gebraucht, wenn sie durch die Ladentür tritt. Am Familientisch hat sie keine Gelegenheit, die neue Sprache zu lernen, denn dort wird kein Wort Französisch gesprochen. Aber nachmittags, wenn die Mädchen aus der Schule heimkommen und an diesem Tisch ihre Schularbeiten erledigen, schnappt Johanna diese oder jene Wendung auf. Besonders die Kleine hat die Angewohnheit, laut vor sich hin zu murmeln.

»Sei still!« sagt Helga immer wieder. Sie hat ihr Lehrbuch an die Schale mit Obst gelehnt, die auf dem Tisch steht. Johanna, in ihrem Rücken auf dem Sofa kniend, kann auf die Seiten blicken und die Worte mitlesen.

Ganz allmählich, Nachmittag für Nachmittag, wächst die neue Sprache in Johanna. Bald kann sie selbständig das Weißbrot beim Bäcker verlangen und beim Schuster die Schuhe zum Besohlen abgeben. Sie entziffert viele Aufschriften an den Häuserwänden. Die Überschriften der Zeitungen errät sie mehr oder weniger, aber die einfachsten Wendungen im Gespräch zwischen den Leuten versteht sie jetzt.

Vormittags, wenn die beiden Schreiner-Töchter in der Schule sitzen, Mutter Schreiner an ihren Übersetzungen arbeitet und nicht gestört sein will, geht Johanna in die Anlagen in der Nähe des Friedhofes. Mütter schieben ihre Kinderwagen in die Sonne, setzen sich auf die Parkbänke und machen einen Schwatz miteinander. Johanna treibt ihren Ball die kiesbestreuten Wege entlang, oder sie übt mit dem Springseil. Sie bleibt bei den im Sandkasten spielenden Kindern stehen und sieht zu, wie sie Burgen und Tunnel bauen, Kanäle und Gräben ziehen. Es sind die gleichen Spiele, die auch in Frankfurt in den städtischen Anlagen von Kleinkindern gespielt wurden. Wieder lernt Johanna neue Worte für vertraute Sachen.

Eines Tages, als ihr der Ball eines fremden Jungen vor die Brust geworfen wird, schreit sie auf französisch: »Ha, paß doch auf!« Der Junge schreit etwas zurück, nimmt den Ball auf und rennt weg. Er hat genau verstanden, was Johanna gerufen hat. Da merkt sie, daß sie sich jetzt trauen kann, nicht nur zuzuhören, sondern auch zu sprechen.

Wieder ist es hauptsächlich Helga, die ihr hilft. Sie fangen an, kleine Gespräche bei Tisch oder beim Spielen in französisch zu führen. Die Mutter Schreiner hört mit einem Ohr zu und verbessert, wenn es gar zu komisch klingt, was Johanna da herausgebracht hat. Eines Tages bittet sie Johanna, sich zu ihr an den Tisch zu setzen. Sie hat ein französisches Schulheft gekauft, das sie vor Johanna hinlegt. »Schlag auf!« sagt sie und schiebt das Heft an Johanna heran. Johanna öffnet das Heft, es hat längliche Karos, und es sieht genauso aus wie die Hefte, die sie von daheim kennt.

Frau Schreiner beginnt, einzelne Wörter zu diktieren. Einige schreibt sie vor, und Johanna muß, genau wie damals in der ersten Klasse, diese Wörter nachschreiben. Helga ist dann die Lehrerin und darf Zensuren geben.

Zwei Wochen später kann Johanna ihren ersten kurzen Brief schreiben. Sie braucht nicht lange zu überlegen, an wen sie ihn schreibt, natürlich an die Mutter. Erst schreibt sie eine halbe Seite in deutsch und dann in französisch. In deutsch schreibt sie: »Mir gefällt es hier ganz gut. Wir sind lustig und fidel. Eben kommt Helga vom Einkaufen zurück und steckt mir ihre kalten Hände den Rücken hinunter . . .« In französisch schreibt sie: »Wir haben den ganzen Tag die Sonne in der Stube und den Eiffelturm vor uns, wer wird da nicht lustig sein . . .«

Johanna geht in die Küche zu Frau Schreiner.

»Bitte gib mir einen Briefumschlag!« sagt sie.

»Einen Briefumschlag?« Frau Schreiner sieht von dem Brettchen auf, auf dem sie gerade Zwiebeln kleinschneidet. Sie muß scharf nachdenken, sagt sie, wo sie ihr Briefpapier hat. Natürlich fällt es ihr bald ein, denn sie ist ja eine ordentliche Frau. Im linken oberen Schubfach der Kommode, die im Wohnzimmer steht. Helga soll die Mappe herausnehmen.

Johanna findet ein Kuvert und schreibt den Namen der Mutter darauf. Aber die Adresse? Sie weiß keine Adresse und muß wieder zu Frau Schreiner in die Küche.

Frau Schreiner läßt die Hand mit dem Messer sinken und hört auf, die Zwiebelringe kleinzuschneiden.

»Aber Johanna, mein Kind!« sagt sie, nicht ohne eine winzige Spur Spott. »Wo willst du den Brief hinschicken?«

»Na, an meine Mutter!« sagt Johanna und versteht nicht, was da so schwierig dran sein soll.

»Ach Johanna«, sagt Frau Schreiner. Dann rückt sie ihr einen Stuhl an den Küchentisch und sagt, sie solle sich hinsetzen.

Sie wird es ihr erklären müssen.

Johannas Mutter hat nämlich keine Adresse. Deshalb kann man auch keine Briefe an sie schreiben.

»Warum hat meine Mutter keine Adresse?« fragt Johanna störrisch. »Sie ist ja keine Katze, die unterm Schuppendach schläft.«

»Das stimmt«, sagt Frau Schreiner, »aber ihre Adresse muß geheim bleiben, sonst kann sie ihre Aufgabe nicht erfüllen.«

Johanna denkt nach. Ihr fällt ein, wie der Vater ihr das Haus von Carl gezeigt hat. Den Straßennamen brauchte sie sich nicht einzuprägen, nur den Weg zu der Wohnung. Sie sieht alle Einzelheiten vor sich. Den Vorgarten, den Zaun, die Wetterfahne auf dem Dach. Wenn sie die Augen zukneift, kann sie sich sogar vorstellen, wie die Mutter die Straße entlanggeht. Sie trägt wieder jene elegante Jacke und das schräg sitzende Hütchen. Unbewußt gibt sie ihr jene Verkleidung, die die Mutter damals in der Straßenbahn trug, als sie plötzlich hinter ihr stand und mit ihr flüsterte. Bestimmt trägt sie auch heute so einen sonderbaren Hut, eine Brille und eine fremde Jacke. Frau Schreiner schneidet jetzt Sellerie und Wurzelgemüse klein. Es soll Eintopf geben.

»Weißt du«, sagt Johanna, »wo ich einen so schönen Brief geschrieben habe! Und nun soll ich ihn nicht abschicken können.«

»Stimmt«, antwortet Frau Schreiner. »Aber weißt du was? Briefe setzen ja keinen Schimmel an wie Käse zum Beispiel. Sie halten sich lange frisch. Heb den Brief auf. Irgendwann später wird die Mutter deine Briefe lesen können. Und dann hat sie was, sich zu freuen.«

Johanna seufzt. Wird sie die Briefe eben in ihren grünen Koffer einlagern. Sie geht ins Schlafzimmer, wo oben auf dem Kleiderschrank der grüne Koffer liegt. Sie muß einen Stuhl heranrücken, um ihn herunterangeln zu können. Im Spiegel, der die Mitteltür des Schrankes einnimmt, sieht Johanna ein dünnes, schwarzzöpfiges Mädchen in einem verblichenen blauen Rock, einem gemusterten Westover und einem Gesicht, in dem zuerst die Brille auffällt. Findet sich Johanna hübsch? Überhaupt nicht. Höchstens die schwarzen Haare, die sind so schön wie die der Mutter, die können bleiben. Alles andere muß wohl noch herauswachsen.

Johanna öffnet den Koffer und betrachtet seinen Inhalt. Das rotsamtene Tagebuch der Frau Rückli, das noch unbeschrieben ist, die zwei Märchenbücher, der komische Igel, die Wäsche. Johanna streicht über das Schloß und die Beschläge. Ein schöner Koffer, denkt sie wieder. Aber das Schönste ist sein Geheimnis. Sie drückt auf das Knöpfchen, und der zweite Deckel schnappt auf. Der darunterliegende Boden ist, genau wie der Innenraum des übrigen Koffers, hellbraun gemustert wie die Tapete eines Zimmers. Sehr tief ist er nicht, das Tagebuch paßt gerade so hinein, ohne gedrückt zu werden.

Johanna geht ins Wohnzimmer zurück, holt den schon in das Kuvert gesteckten Brief an die Mutter und legt ihn zusammen mit dem Tagebuch in das Geheimfach des Koffers. Sie steigt wieder auf den Stuhl, schiebt den Koffer auf den Schrankboden in die alte Lage und betrachtet sich noch einmal im Spiegel. »So«, sagt sie zu ihrem Spiegelbild, »jetzt ist der Brief im Kasten!«

12

Wenn die Schreiner-Töchter nachmittags am Wohnzimmertisch ihre Schularbeiten machen, kommt es nun häufiger vor, daß auch Johanna am Tisch sitzt und schreibt. Frau Schreiner hat ihr die Mappe mit dem Briefpapier geschenkt, da kann sie Briefe schreiben, soviel sie will. Johanna macht es Spaß, die weißen Bogen zu füllen. Manchmal fügt sie Zeichnungen bei. Vier Briefe hat sie bereits an die Mutter geschrieben, und drei Briefe sind an den Vater gerichtet. Die Briefe an die Mutter schlafen im doppelten Boden des grünen Koffers. Die Briefe an den Vater konnte sie zum Briefkasten tragen und abschikken. Der Vater, der auch so eine Art Arbeit macht, von der Johanna nichts Genaues wissen darf, hat immerhin eine Adresse. Sie ist zwar etwas sonderbar, denn es erscheint nicht der Name des Vaters, sondern der eines fremden Mannes auf dem Umschlag, aber Johanna kann eine Briefmarke daraufkleben und den Brief in den Briefkasten werfen. Sie schreibt dem Vater natürlich auch vom Eiffelturm und wie Paris aussieht, und wieder sind eine stattliche Anzahl Sätze in der neuen Sprache dabei. Helga will immer wissen, an wen Johanna da gerade schreibt. Johanna sagt es ihr, aber den Text des Briefes liest sie ihr nicht vor.

»Das sind wohl Geheimnisse?« fragt Helga.

»Natürlich!« antwortet Johanna.

Das macht Helga ganz wild. Sie sagt, sie platze gleich vor Neugier und Johanna sei daran schuld. Johanna antwortet, sie solle mal ruhig platzen, das würde sie sehen wollen, wie das aussieht.

»Altes Scheusal!« beschwert sich Helga.

Johanna gibt ihr recht. Aber es ist schön, Geheimnisse zu haben.

Abends, wenn noch ein Lichtstrahl durch die Türritze zum Schlafzimmer fällt, liegen Helga und Johanna wach und flüstern miteinander. Johanna liegt im Ehebett neben Frau Schreiner. Bis vor kurzem hat ihre Mutter in diesem Bett geschlafen. Frau Schreiner hatte den Platz angeboten, als der Mann nach Spanien ging.

Die kleine Schwester murmelt im Schlaf. Johanna fallen Gruselgeschichten ein, die sie damals mit Ida, Lisa und Hermine am Kleinhesseloher Wehr erzählt haben. Komisch, sie hat lange nicht mehr daran gedacht, aber jetzt im Dunkeln unter der Bettdecke erinnert sie sich sehr gut an die gruseligsten Gruselgeschichten. Helga hört zu. So gruseln sie sich gegenseitig mit Wonne in den Schlaf.

Es dauert nicht mehr lange, und Johanna kommt es vor, als ob sie wirklich die dritte Tochter der Familie ist. In Helga hat sie eine große Schwester gefunden, wie sie sich immer eine gewünscht hat. Hier könnte sie bleiben, hier fühlt sie sich wohl und geborgen. Sie freundet sich mit dem Gedanken an, bald in eine Schule zu gehen. Es beruhigt sie, daß Helga sie morgens mitnehmen würde. In den Pausen könnten sie sich auf dem Schulhof treffen.

Aber wie das so ist, Johanna passiert immer wieder, wenn sie sich gerade glücklich fühlt, etwas, was alles in Frage stellt. An einem Maisonntag, als die Mädchen eben mit dem Spülen des Geschirrs in der Küche beschäftigt sind, klingelt es an der Wohnungstür. Ein bärtiger

Mann in einem Soldatenrock steht davor und will Frau Schreiner sprechen.

Frau Schreiner führt ihn ins Wohnzimmer und nimmt ihm gegenüber am Tisch Platz. Neben dem Stuhlbein steht der Rucksack.

»Ich komme aus Spanien«, sagt er, »ich heiße Ernst und war ein guter Freund von Rudolf.«

»War?« sagt Frau Schreiner.

Der Mann nickt.

»Rudolf ist tot. Er ist vor Guadalajara gefallen.«

Die Mädchen sind aus der Küche hereingekommen. Sie sehen, wie die Mutter die Hände vors Gesicht schlägt und fassungslos zu schluchzen beginnt.

Langsam beginnt er zu erzählen. Tagelang tobten erbitterte Kämpfe, die die Frontlinie immer wieder verschoben. Ihr Bataillon hatte mehrere Ortschaften freikämpfen können, eines der Dörfer war noch in der Hand der Franco-Truppen. Drei Häuser am Dorfausgang brannten lichterloh, aus einem drang Geschrei von Frauen. Auch Kinderstimmen waren dabei. Rudolf und er haben sich zu dem Haus durchgekämpft. Es ist ihnen gelungen, alle sechs Kinder und die zwei Frauen herauszuholen. Rudolf, der ihnen Feuerschutz gab, wurde von Gewehrkugeln getroffen. Er starb, bevor sie einen Arzt zu Hilfe holen konnten. Die Kinder und die Frauen konnten in Sicherheit gebracht werden.

Es ist jetzt ganz still in dem Zimmer. Der Mann legt die Habseligkeiten von Rudolf Schreiner auf den Tisch. Es ist nicht viel, was er bei sich getragen hat: seine Taschenuhr, seinen Ehering, die Brieftasche, ein paar Fotos von der Frau und den Töchtern.

Frau Schreiner nimmt jedes Stück in die Hand und streichelt es. Sie will die schreckliche Tatsache verstehen, aber es ist so schwer.

Der Mann greift noch einmal in den Rucksack und holt ein flaches Päckchen heraus.

»Für die Kinder«, sagt er und legt es auf den Tisch.

Helga wickelt es aus, es sind zwei Tafeln Schokolade.

»Erzählen Sie mir noch von Spanien«, sagt Frau Schreiner. Der Mann erzählt von den Kameraden, die im Schützengraben liegen und sich nachts, wenn die Sterne über ihnen die gleichen Sternbilder aufweisen wie zu Hause, von der Heimat erzählen.

Er sagt, welche Schwierigkeiten es mit Munition und Verbandmaterial gibt und daß der Verpflegungsnachschub oft nicht durchkommt.

»Auch wenn viele unserer Freunde ihr Leben lassen müssen«, sagt der Mann leise, »trotzdem!«

Der Mann steht auf und packt seinen Rucksack.

»Leben Sie wohl!« sagt er und drückt Frau Schreiner fest beide Hände. »Bitte, seien Sie tapfer!« fügt er noch hinzu. »Sie müssen tapfer sein!«

»Natürlich«, sagt Frau Schreiner, »ich habe ja die Kinder.«

Der Mann verabschiedet sich von den Mädchen. Zu Helga sagt er nachdenklich: »Jetzt mußt du sein wie ein Erwachsener. Du rückst an Vaters Stelle. Sei lieb zur Mutter!«

Helga nickt. Sie begleiten den Mann zur Tür und sehen ihm nach, wie er die Treppe hinuntersteigt, sich am Treppenabsatz noch einmal umdreht und ihnen zuwinkt. Durch die Fenster des Hausflurs fällt Sonnenlicht. Der Maisonntag strahlt, als sei nichts geschehen, als gäbe es keinen Tod und keinen Schützengraben vor Madrid. Am Wohnzimmertisch sitzt Frau Schreiner vor den Habseligkeiten ihres Mannes. Die Tränen laufen über ihr Gesicht. Es ist ganz still im Zimmer.

Ein paar Wochen später ist es soweit. Johanna zieht wieder um. Es ist gelungen, für Johanna einen Platz im Kinderheim »Robinson« zu bekommen. Die Familie Schreiner wird in eine wesentlich kleinere Wohnung umziehen. Dort wird für Johanna kein Platz mehr sein.

»Mußt du wirklich fort?« fragt Helga traurig.

»Ich verstecke dich im Schrank!« schlägt die kleine Schwester vor.

Frau Schreiner umarmt Johanna fest und sagt: »Du wirst mir fehlen. Ich habe mich richtig an dich gewöhnt. Vergiß uns nicht!« Johanna spürt die Zuneigung dieser fremden Frau. Sie ist ihr wie eine Mutter gewesen. Sie hat sie zum zweiten Mal im Leben Sprechen gelehrt – in der neuen Sprache. Nun müssen sie sich trennen. Frau Schreiner wird Mühe haben, zwei Kinder durchzubringen, drei sind in der jetzigen Lage zuviel. Im Kinderheim wird für Johanna gut gesorgt werden.

Das Heim heißt »Robinson« und liegt in einem der grünen Vororte von Paris, mitten in einem Park. DasHaus ist zweistöckig, nicht allzu groß, die ehemalige Villa eines Strumpfhändlers, der im Sommer hier draußen wohnte, im Winter eine Stadtwohnung in Paris vorzog. Der Besitzer ist gestorben, das Grundstück wurde nicht vererbt, sondern an eine internationale Organisation verkauft, die ein Heim für Emigrantenkinder daraus machte.

Das Haus ist am Giebel mit Holz verschalt, hat einen rundum führenden Balkon im ersten Stock und grün gestrichene Fensterläden. Die Eingangstür steht offen, als Frau Schreiner Johanna hinbringt. Sie bleiben am Fuß der Treppe stehen. In der Hand hält Johanna den grünen Koffer, sie läßt ihn nicht los.

Plötzlich sagt eine Frauenstimme in ihrem Rücken etwas auf französisch. Frau Schreiner dreht sich um, antwortet. Johanna betrachtet die junge Frau mit dem schwarzen Lockenhaar und dem Stapel Wäsche unter dem Arm. Die Frau mustert Johanna und lächelt ihr aufmunternd zu.

»Dann können wir ja deutsch sprechen«, sagt sie, »ich bin Marianne Rosenfeld und leite das Kinderheim.« Sie sieht noch immer Johanna an, aufmerksam und freundlich. Johanna lächelt zaghaft zurück. Frau Rosenfeld geht ihnen voran die Treppe hinauf, einen Flur entlang und bleibt vor einem Zimmer stehen. Sie horcht ins Treppenhaus, ruft: »Jocha! Lisa!« Da niemand antwortet, öffnet sie die Tür und läßt die Neuankömmlinge eintreten. Es ist ein Zimmer, in dem vier weißbezogene Betten, ein Tisch mit vier Stühlen, ein massiver Schrank und ein Regal mit Büchern, Gefäßen und Spielzeug stehen. Frau Rosenfeld zeigt auf das am nächsten zur Tür liegende Bett. In diesem Zimmer wird Johanna wohnen.

»Ich glaube«, sagt sie, »eines der Mädchen kommt aus deiner engeren Heimat, auch aus dem Hessischen. Aber frag sie selbst.« Johanna soll ihre Sachen auspacken, sich ein wenig umsehen und dann hinunter in das Büro kommen, wo Frau Rosenfeld inzwischen mit Frau Schreiner die Papiere ausfüllen wird. Wie überall auf der Welt müssen auch hier Name, Geburtstag, Herkunft, eventuelle Adressen der Eltern und Verwandten in ein dickes Buch, das Hausjournal, eingetragen werden. Frau Rosenfeld ist nicht erstaunt, daß Johanna nicht von der eigenen Mutter gebracht wird, sondern von einer fremden Frau. Die meisten Kinder in diesem Heim sind in einer ähnlichen Situation wie Johanna. Sie kommen aus Familien, die gewaltsam auseinandergerissen wurden, wo der Vater in Spanien an der Volksfront kämpft oder in Deutschland im Gefängnis eingesperrt wurde und die Mütter versucht haben, sich im Ausland in Sicherheit zu bringen. Häufig kämpft auch die Mutter an der zweiten, der unsichtbaren Front, ohne Adresse und mit Decknamen.

Johanna packt die Wäsche, die Bücher und das Schreibzeug aus dem grünen Koffer in das leere Fach des Schrankes, prüft den Verschluß des Geheimfaches und schiebt dann ihren Koffer unter ihr Bett. Er paßt genau darunter, das freut Johanna. Da hat sie das beruhigende Gefühl, über ihrem Schatz zu schlafen.

Die Tür geht auf, und ein älteres Mädchen mit einem Kleinkind auf dem Arm kommt herein. Es läßt die Kleine behutsam aus den Armen zum Fußboden gleiten und sagt: »Lauf, lauf los!«

Die Kleine läuft unsicher und tolpatschig los.

Diese Stimme, denkt Johanna, wieso ist diese Stimme hier – träumt sie?

»Paß auf«, sagt das Mädchen, »stoß dich nicht am Schrank!«

»Lisa?« fragt Johanna unsicher.

Das Mädchen läßt die Kleine los und sieht Johanna an.

»Johanna?« schreit sie.

Die Freundinnen rennen aufeinander zu. Sie umarmen sich und tanzen durchs Zimmer. Das kleine Kind, das Lisa mitgebracht hat, fängt erschrocken zu weinen an.

»Weine nicht«, tröstet Lisa, »das ist doch meine Freundin, die Johanna Rademacher!«

Sie können ihr Glück kaum fassen.

»Johanna?« sagt Frau Schreiner verwundert, die ins Zimmer getreten ist und den Freudentanz ansieht.

Johanna erklärt ihr alles. Frau Rosenfeld, die dazukommt, freut sich mit den Mädchen. Solche Wiedersehen kommen nicht alle Tage vor!

Der Abschied zwischen Johanna und Frau Schreiner fällt nun viel leichter. Die Mädchen bringen sie noch durch den Park bis zur Straße.

Die Lindenbäume stehen im hellsten, zartesten Grün. Goldregen und Flieder wollen aufblühen.

»Erzähl Helga gleich, daß ich Lisa wiedergetroffen habe, ja?«

Frau Schreiner verspricht es.

»Sag ihr, jetzt kann ich mir die Geschichte vom Gespenst, das immer mit den Zähnen klappert, weitererzählen lassen.«

Frau Schreiner versteht nicht. Johanna erklärt es.

»Mir fiel der Schluß nicht mehr ein. Und jetzt hab ich Lisa hier, die kennt die Geschichte doch.« Lisa nickt.

Frau Schreiner sagt, sie wird Helga genau berichten.

Sie winken sich noch zu, dann sind Lisa und Johanna zwischen den Hecken verschwunden. Frau Schreiner hört sie lachen und rufen. Dann hört sie nichts mehr. Manchmal gibt es doch so was wie Glück, denkt sie.

Sie sagt es laut: »Manchmal gibt es doch Glück!« Sie wiederholt es, ruft es in den leeren Parkweg hinein. Und dann muß sie plötzlich weinen.

12

Obwohl es schon nach 11 Uhr ist und im Park der Mond über den Akazien hängt, schlafen die Mädchen wieder nicht, sondern erzählen sich. Die hellere Stimme, die bei jedem zweiten Satz kichern muß, gehört Johanna. Die etwas dunklere gehört Lisa. Manchmal fährt eine dritte dazwischen, sie klingt verärgert: »Haltet endlich eure Klappe!« Oder: »Ruhe dahinten!« Das ist Herta, die endlich schlafen will und nicht kann, weil in den Betten am Fenster so außerordentlich wichtige Dinge beredet werden müssen.

Irgendwann hört man dann: »Der Hund hieß nämlich Hassan!«

»Wer«, kommt eine schläfrige Stimme.

»Der Hund!« antwortet es.

»Ach so, der Hund«, sagt es nach langer Pause. Und dann, nach wiederum sehr langer Zeit, noch mal Lisa: »Wie hieß der?«

»Hassan!« sagt es zwischen einem langen, langen Gähnen. Und dann sagt es gar nichts mehr.

So geht es viele, viele Abende lang. Johanna und Lisa müssen sich erzählen, was sie in der Zwischenzeit alles erlebt haben. Das ist nicht in ein paar Tagen zu schaffen.

Sonntags ist Besuchstag. Lisas Mutter zieht Johanna in ihre Arme, als sie das Mädchen sieht. Beinahe, sagt sie, hätte sie sie nicht erkannt. Johanna habe sich sehr verändert. Sie sei gewachsen und so dünn wie eine Bohnenstange. Johanna prüft später im Spiegel des Waschraums, ob das stimmt mit der Bohnenstange. Es ist übertrieben.

Frau Cronheimer sagt, daß sie Lisa vielleicht im Herbst aus dem Kinderheim nehmen können, sie bekäme ein eigenes Zimmer. Aber noch ist es Sommer. Die Schule ist geschlossen. Die Kinder können den lieben langen Tag machen, was sie wollen. Sie können auf den Klettergerüsten toben und auf der Schaukel sitzen, sie können sich aus Decken und Kissen Höhlen im Park bauen; an dem Bach, der im hinteren Teil des Parkes fließt, können sie Deiche und Wassermühlen bauen. Marianne Rosenfeld läßt den Kindern jede Freiheit, wenn sie sich im Haus an die Ordnung halten, die sie alle gemeinsam beschlossen haben. Dazu gehört, daß die Ämter in der Gemeinschaft genau festgelegt sind und nach einem Plan wechseln. Die Kinder machen die Zimmer selbst sauber, sie helfen beim Tischdecken und Geschirrspülen, beim Wäschesortieren und Gemüseputzen. Auch die Betreuung der sieben Kleinkinder im Heim wird von den Größeren übernommen.

Einmal, als die Mädchen in Johannas Zimmer mit der Aufsicht über zwei Säuglinge betraut sind, hält Johanna eines der Babys im Arm. Sie spricht mit ihm und wiegt es hin und her. Plötzlich spürt sie, wie ihr die Arme schwer werden und es im Rücken heftig spannt. So wenig Kraft hat sie? Vielleicht ist sie doch zu schnell gewachsen.

Eines Tages erhält Johanna ihr erstes Päckchen von der Mutter. Ein Märchenbuch ist darin, zwei weiße Batisttaschentücher mit Blumenstickerei, die sie sich vom Vater gewünscht hat, seitdem sie in der Schweiz solche Tüchlein bewundert hat, und ein Karton Pralinen. Sie zeigt Lisa ihre Schätze. Sie gibt ihr von den Pralinen ab und verstaut den Rest im grünen Koffer.

Zwei Tage später wird sie zu Frau Rosenfeld ins Büro gerufen. »Kennst du die Hausordnung?« fragt Frau Rosenfeld.

Johanna nickt.

»Und warum hältst du dich nicht an sie?«

Johanna schweigt. Was soll sie antworten? Sie ist sich keiner Schuld bewußt.

»Denk mal an das Päckchen!« sagt Marianne Rosenfeld.

Johanna sagt: »Dafür hat meine Mutti lange gespart!« Sie sieht trotzig Frau Rosenfeld an. Von den Pralinen kann sie nichts abgeben, wirklich nicht. Die sind von *ihrer* Mutter!

»Weißt du, Johanna, wir wollen, daß alle in diesem Haus wie eine große Familie zueinander sind. Wenn einer etwas Schönes hat, soll der andere sich mitfreuen können. Gib allen in deinem Zimmer etwas davon ab!«

Johanna widerspricht. Sie will die Pralinen gar nicht aufessen, sie will sie aufheben! »Das ist etwas anderes«, sagt Marianne Rosenfeld und sieht Johanna etwas belustigt an. »Aber wenn sie den Weg in deinen Magen nehmen – vergiß die anderen nicht!«

Eine Woche später bekommt Ilse ein Päckchen. Sie hat eine Tüte kandierter Nüsse dabei. Jedes Mädchen bekommt sein Teil in die Hand abgezählt. Johanna kaut. Schmecken die gut. Am nächsten Tag macht ihr Karton Pralinen die Runde.

Der Sommer vergeht. Die Fenster, die nachts offengeblieben sind und durch die der Duft von den Bäumen im Park hereingeweht ist, werden wieder geschlossen. Die Jungen bauen seltener Räuberhöhlen unter der Ulme, und Herta spielt nicht mehr jeden Abend auf der Gitarre, so daß Johanna Heimweh bekam, weil es die alten Lieder waren, die daheim bei den Großeltern gesungen wurden, wenn alle fröhlich waren. Der Weckruf »Aufstehen!«, der morgens durchs Haus schallt und in französisch klingt wie »Fussleweh«, ist nun auch für Johanna das Signal, sich für den Schulweg fertigzumachen. Sie geht neben Herta und Lisa in den Ort hinunter in die Gemeindeschule. Lisa ist bereits ein Schuljahr weiter, Johanna kommt zu Herta in die Klasse. Ein halbes Jahr Unterricht hat sie versäumt. Herta hilft Johanna. Die ersten Tage sehen sie gemeinsam in die Schulbücher. Zum Glück ist Johanna eine gute Schülerin, und sie hat offenbar eine Begabung für Sprachen. Bald kann sie sich in der neuen Sprache verständigen. Sie spricht, hört und schreibt jetzt Französisch.

Auf dem Schulhof werden wie in Frankfurt und in der Holzhaussiedlung Ballspiele veranstaltet. »Bleu-blanc-rouge!« tönt es über den Hof, und die Bälle der Mädchen treffen nach dem Kommando »Blau-weiß-rot« auf den katzenkopfgepflasterten Hof.

Der Herbst vergeht und der Winter, ein neues Frühjahr bricht an. Es ist der Frühling des Jahres 1938. Noch ist Frieden in der Welt, aber die Angst vor einem Krieg wächst.

In Spanien ist nicht nur der Vater Schreiner gefallen. In Johannas Zimmer weint im Frühsommer Herta, wenn sie an ihren Vater denkt und von ihm träumt. Johanna und die anderen Mädchen trösten sie, so gut es geht. Auch der Vater eines Mädchens aus dem Nebenzimmer ist in Spanien. Von ihm weiß man, daß er mit den Gefährten den langen Marsch über die Pyrenäen zurück nach Frankreich ging und hinter der Grenze gleich verhaftet und in ein Internierungslager gebracht wurde. Die Interbrigadisten werden in Gurs, Vernet und Riencros eingekerkert. Marianne Rosenfeld hat die Adresse in Erfahrung gebracht, und die Kinder schreiben gemeinsam einen Brief an den Vater.

Das zweite Schuljahr für Johanna beginnt. Sie kann neben Lisa sitzen, denn sie hat den Anschluß an die Gleichaltrigen geschafft.

An einem Wochenende kommt die Mutter überraschend zu Besuch. Johanna bekommt einen Tag schulfrei dazu und geht mit der Mutter mit. Wieder wohnen sie in einem kleinen Hotel in der Innenstadt. Tagsüber laufen sie kreuz und quer durch die Stadt. Die Mutter zeigt ihr die berühmten Bilder in der Sammlung des Louvre. Stundenlang streifen sie durch das Museum und bewundern die Kunstwerke. Am Nachmittag, als die Herbstsonne die Laubbäume glänzen läßt, sitzen sie wie damals im Luxembourg-Park. Die weißen und bronzenen Statuen stehen unverändert, lächelnd und stolz auf ihren Sockeln. Die Mutter erinnert Johanna, wie sie sich damals nicht kämmen lassen wollte. Und wie traurig sie waren, weil sie sich schon wieder trennen mußten.

»Nun«, sagt die Mutter, »viel anders ist es noch nicht geworden.«

»Du kannst mich kämmen«, sagt Johanna. »Ich halte still.«

Die Mutter lacht.

Für den Abend hat die Mutter Karten für Mozarts Oper »Die Zauberflöte«. Noch nie ist Johanna in einer Oper gewesen. Sie geht die Stufen zu dem säulengeschmückten Theater hoch, sieht sich und die Mutter in den Spiegeln der Wandelgänge und sitzt stumm und feierlich auf dem Samtstuhl. Der Vorhang hebt sich. Die Musik flutet durch den Raum. Anfangs ist Johanna viel zu aufgeregt, um die Klänge zu genießen. Sie versteht die Handlung nicht, die auf der Bühne vorgeführt wird. Die Mutter flüstert ihr ins Ohr, um was es geht. Allmählich hört sich Johanna in die fremde Welt der Töne ein.

Sie klatscht, so laut sie kann, als die Sänger vor den Vorhang treten. Als sie durch die nächtlichen Straßen heimwandern, hört sie noch immer die Musik brausen und jubeln.

»Hat es dir gefallen?« fragt die Mutter.

»Sehr«, sagt Johanna. »Gehen wir mal wieder hin?«

»Bestimmt«, sagt die Mutter. Ihre Schritte klappern im gleichen Takt auf das Pflaster.

»Wenn ich Musik höre«, sagt die Mutter versonnen, »muß ich mich immer an was erinnern.«

»Ich habe an daheim gedacht«, sagt Johanna.

»Ich auch«, sagt die Mutter leise.

Ein paar Wochen später, als die Herbstnebel ums »Robinson« kriechen, wird Johanna krank, sie bekommt Scharlach. Sie muß in ein Krankenhaus gebracht werden. Vier Wochen liegt Johanna in dem weißen Krankenhausbett zwischen Frauen, die einen Pariser Dialekt sprechen, den sie kaum versteht. Die ersten Tage und Wochen ist das Fieber so stark in ihr, daß sie in Fieberträumen dahindämmert. Dann wird sie allmählich kräftiger, ist häufiger wach, denkt nach. Die große Langeweile beginnt. Womit soll sie sich beschäftigen? Die Bücher, die sie aus dem Heim mitgenommen hat, kann sie bald auswendig. Im Krankenhaus gibt es nur Zeitungen. Sie schreibt wieder Briefe an Helga, an die Mädchen im »Robinson«, an die Mutter. Die Erinnerungen an Frankfurt werden stärker. Sehr oft sind es Erinnerungen an Oma Frieda in der Holzhaussiedlung, an ihr eingewecktes Obst, den Birnensaft und die Pflaumen. Wie gern würde sie jetzt, da das Fieber sie durstig macht, von diesem Eingeweckten essen! Sie würde sogar Bratkartoffeln mit Kümmel hinunterwürgen. Sie glaubt den Obstsaft auf der Zungenspitze zu schmecken, so heftig sehnt sie sich danach.

Genauso stark wie die Sehnsucht nach Obst ist die Sehnsucht nach Büchern.

»Schick mir Bücher«, schreibt sie an den Vater, »nichts weiter als Bücher! Auch wenn es vierzehn Tage oder länger dauert, bis die Post hier ankommt. Das macht gar nichts – schicke zwei Bücher, eines genügt auch schon!«

Der Vater kann ihr den Gefallen tun. Die Mädchen aus dem Heim kümmern sich auch. Sie vertreiben ihr die Langeweile mit selbst ausgedachten Rätselzeichnungen, die sie in die Briefe stecken und die Johanna ziemliche Mühe hat aufzulösen. Herta schickt ihr eines Tages ein in hundertfünfzig kleine Schnipsel zerpflücktes Postkartenbild, das sie viele Stunden lang geduldig wieder zusammensetzt. Das Spiel ist unterhaltsam, Johanna überlegt, was sie noch zerschneiden könnte, um es wieder zusammenzusetzen. Sie betrachtet lange die Fieberkurve an ihrem Fußende. Sie sieht ziemlich verwirrend aus und ergäbe ein interessantes Puzzle. Als es wieder nachmittags so langweilig ist und die Frauen in ihrem Zimmer schlafen und dabei sogar schnarchen, schnappt sich Johanna die Fieberkurve und zerschnippelt sie.

Ach, das Geschrei und Gejammer, als die Schwester es merkt! Zwei Tage sprechen sie kein Wort mit ihr.

Eines Morgens kann Johanna endlich ihren grünen Koffer packen und nach »Robinson« zurückkehren. Wieder hat sie einige Mühe, den Anschluß an die Schule zu schaffen.

Weihnachten, als die Bäume im Park von »Robinson« einen weißen Pelzmantel tragen, hat sie das Wichtigste wieder aufgeholt.

Das neue Jahr 1939 bricht an. Wieder hat sich der Kreis der Emigrantenkinder verändert. Herta ist zu ihrer Mutter gezogen, dafür schläft eine Nora mit Sommersprossen in ihrem Bett, die eine leidenschaftliche Spielerin von Halma ist und alle Mädchen zum Halmaspielen anstiftet. Sie bleibt nur ein paar Wochen, dann nimmt ihren Platz eine Thea aus Berlin ein.

Als die Frühlingsregen beginnen, die die Wege im Park aufweichen und den Kindern Lust machen, in den Pfützen zu spielen, überrascht Marianne Rosenfeld Johanna eines Tages mit der Nachricht, sie könne nun bald ihren Koffer packen. Die Mutter ist endgültig nach Paris zurückgekehrt und kann sie zu sich nehmen. Das Dachzimmer muß nicht mehr länger auf sie warten.

13

Der Einzug in das Dachzimmer fällt mit Johannas dreizehntem Geburtstag zusammen. Die Mutter weckt Johanna am Morgen mit einem Kuß und sagt: »Guten Morgen, Geburtstagskind! Ich wünsche dir alles, alles Gute. Ich wünsche dir, daß du in der Schule gute Zensuren bekommst und eine liebe Lehrerin. Ich wünsche dir, daß du wieder eine Freundin findest, immer gesund bist und gute Laune hast... Und jetzt mußt du die Augen zumachen und darfst sie erst wieder öffnen, wenn ich es sage!«

Johanna schließt die Augen und blinzelt nur ein bißchen. Die Mutter geht im Zimmer hin und her, raschelt mit Papier, rückt etwas am Tisch.

»Augen aufmachen!« sagt die Mutter.

Johanna öffnet sie und springt aus dem Bett. Auf dem Tisch ist eine Kerze angezündet, und zwei eingewickelte, mit Schleifenband geschmückte Päckchen liegen da. Johanna öffnet sie und findet in dem einen das Geschenk des Vaters, ein paar weiße, mit Zopfmuster gestrickte Schweizer Kniestrümpfe. In dem anderen Päckchen sind ein Buch und eine Tafel Schokolade.

Johanna umarmt die Mutter und bedankt sich.

»Weißt du, was für mich das beste Geschenk ist?« sagt Johanna später beim Frühstück.

»Was denn?« fragt die Mutter.

»Daß wir zusammen sind!« sagt Johanna.

Ihr neues Zuhause ist nicht groß, aber für sie beide ausreichend. Sie schlafen in dem breiten französischen Bett, über dessen Kopfseite eine Dachluke ist, durch die man in den Himmel sehen kann. Gegenüber ist noch ein Fensterchen. Von hier hat man einen guten Ausblick über die grauen und tonfarbigen Dächer der Nachbarhäuser. Johanna zählt die »Blumentöpfe«, wie sie die Schornsteine nennen, die auf den Pariser Dächern sitzen. Aufgereiht wie Spatzen hocken sie zwischen den Dächern auf einem gemeinsamen Schornsteinschacht.

Vom Zimmer der Familie Schreiner gab es einen ähnlichen Ausblick, nur waren dort die Fenster höher, fast bis zum Fußboden hinabreichend. Damit niemand hinausfallen konnte, gab es vor diesen Fenstern schmiedeeiserne Gitter, mehr oder weniger kunstvoll verziert. Johanna und Helga haben oft an diesem Gitter gelehnt und »Blumentöpfe« gezählt. Auch damals war es Frühsommer, und es roch, besonders wenn es geregnet hatte, ganz eigentümlich und wunderbar nach Paris.

Johanna geht wieder einen neuen Schulweg. Im gleichen Viertel, nur um ein paar Ecken entfernt, liegt die Schule. Weil Johanna inzwischen sehr gut Französisch sprechen und schreiben kann, kommt sie in eine ihrem Alter entsprechende Klasse. Wie alle Schulmädchen trägt sie eine dunkle Kittelschürze und die Bücher und Hefte mit einem Lederriemen zusammengebunden unter dem Arm. Ihr Platz ist diesmal auf der Fensterreihe neben einer Französin mit kurzgeschnittenem braunen Haar. Sie heißt Cécile. Es dauert nicht lange, und sie spazieren in der Pause nebeneinander auf dem Schulhof. Auch mit der Lehrerin hat Johanna Glück. Sie verlangt erst beim zweiten Diktat, daß Johanna mitschreibt.

Einmal lädt Cécile sie ein, zu ihr nach Hause zu kommen. Sie sitzt mit ihrer Familie am Eßtisch und wird neugierig angeschaut. Céciles kleiner Bruder zupft sie am Ärmel und faßt nach ihrer Hand. Johanna läßt es geschehen. Später, als der Kleine zutraulicher geworden ist, sagt er geheimnisvoll an ihrem Ohr: »Du, ich kann die Luft anhalten! Soll ich dir das vormachen?«

»Mach mal!« sagt Johanna.

Der Kleine baut sich vor ihr auf und holt tief Luft. »Jetzt!« sagt er.

Johanna macht ein aufmerksames Gesicht. Als der Kleine immer noch starr vor ihr steht, sagt sie: »Jetzt kannst du wieder Luft holen, es sind schon fünf Minuten vorbei!«

Der Kleine holt geräuschvoll Luft und strahlt sie an.

Die Mutter von Cécile lächelt. Sie bietet Johanna noch eines der mit Marmelade gefüllten Hörnchen an. Johanna läßt sich nicht zweimal bitten. Sie langt zu und ißt. Auf ihrem Tisch zu Hause stehen solche Leckerbissen schon lange nicht mehr. Sie haben sehr wenig Geld zur Verfügung, und die Mutter muß mit jedem Sou rechnen. Sie leben von billigem Gemüse und Hülsenfrüchten, aus denen die Mutter für mehrere Tage eine warme Mahlzeit kocht. Meist sind es Erbsen oder Linsen und zur Abwechslung Spinat oder gelbe Rüben. Geht es ihnen etwas besser, können sie sich Weißkäse leisten.

Eines Nachts wacht Johanna auf, weil die Mutter neben ihr sich bewegt.

»Pst«, flüstert sie, »horch doch mal!«

Johanna horcht in Richtung Tür. Sie glaubt Schritte auf der Treppe zu hören und Stimmen im Treppenhaus.

Die Mutter steht leise auf und schleicht sich zur Tür. Mit einem

Ruck öffnet sie die Tür. Ein Uniformierter fällt ihr entgegen. Er rappelt sich auf und bemüht sich um Haltung.

»Polizei!« sagt er auf französisch, »wir müssen Ihr Zimmer durchsuchen!«

Johanna muß aus dem Bett aufstehen. Vier Polizeibeamte durchwühlen das Zimmer. Sie ziehen die Schubladen der Kommode heraus und öffnen selbst die Pappschächtelchen mit dem Nähgarn und den Knöpfen.

Johannas grüner Koffer steht oben auf dem Schrank. Ein Beamter langt hoch und holt den Koffer herunter. Johannas Märchenbücher und der Igel kommen zum Vorschein. Mißtrauisch blättert der Mann zwischen den Buchseiten.

»Es sind Märchenbücher«, erklärt Johanna und will nach den Büchern fassen.

Der Beamte preßt den Stapel an sich und geht einen Schritt zurück. »Beschlagnahmt!« erklärt er amtlich.

Die Mutter wird wütend und beginnt zu schimpfen. Der Beamte bleibt unbeeindruckt. Er sagt höflich, aber sehr bestimmt: »Beschlagnahmt!«

Nach einer halben Stunde gehen sie wieder, nehmen alle Bücher und die Papiere, die die Mutter in einem Fach des Kleiderschrankes aufbewahrt hatte, mit. Johanna hebt den grünen Koffer wieder hinauf. Wenn ihr wüßtet! denkt sie, daß hier Briefe drin sind!

Der Verlust der Märchenbücher ärgert sie sehr. Die Mutter beschließt, am nächsten Vormittag auf die Präfektur zu gehen und die Bücher zurückzufordern.

»Ich komme mit!« sagt Johanna.

Die Mutter ist einverstanden.

»Wir werden es ihnen zeigen!« sagt sie und macht ein zorniges Gesicht. Johanna sieht die Mutter an und muß plötzlich lachen.

»Warum lachst du?« fragt die Mutter.

»Schau dich mal an!« sagt Johanna und muß noch mehr lachen. »Und mich erst!«

Die Mutter schaut an sich herunter. Der Schlafanzug hat nur ein Bein, die Jacke ist mehrfach geflickt. Wie ein Clown im Zirkus, abgerissen und zerlumpt. Johanna trägt statt eines Schlafanzuges ein altes Unterkleid der Mutter.

»Besonders elegant sind wir nicht«, sagt die Mutter und muß auch lachen, »aber das gewisse Etwas haben wir!«

Sie greift nach dem Zipfel der Jacke und hält ihn gespreizt in die Luft. Johanna stolziert um sie herum und schwenkt den Saum des Unterrocks. Sie kichern und albern herum, bis ihnen auffällt, daß es mitten in der Nacht ist und sie eigentlich schlafen müßten.

Die Hausdurchsuchung bleibt nicht die einzige. In den nächsten Wochen bekommen sie wiederholt Besuch. Einmal reißt die Mutter unvermutet die Tür auf und findet gleich sieben Polizisten in Horchstellung.

»Oh«, sagt die Mutter böse, »was gibt uns die Ehre?«

Jedesmal suchen sie nach Schriftstücken. Jedes Blatt Papier, das sie entdecken, drehen sie hin und her und lesen es. Aber sie scheinen nicht zu finden, was sie suchen.

Die Mutter ist wieder viel unterwegs. Manche Abende ist Johanna allein in dem Dachzimmer und zieht sich die Decke über die Ohren, um einschlafen zu können. Irgendwann nachts fühlt sie, wie sich jemand zu ihr tastet.

»Mutter?« fragt sie leise.

»Schlaf!« flüstert die Mutter. Wenig später hört Johanna ihre tiefen, erschöpften Atemzüge. Sie wollte sie noch fragen, wo sie herkommt. Obwohl sie wußte, daß die Mutter einer Antwort immer auswich. »Frag mich nicht, ich kann es doch nicht sagen«, pflegte sie zu antworten.

Johanna ist froh, wenn die Mutter endlich heimgekommen ist. Sie hat Furcht, nachts allein zu sein. Sie liegt wach und horcht angestrengt auf alle Geräusche. Immer knackt und knistert es wo. Wenn sie der Mutter davon erzählt, sagt die zerstreut: »Du mußt bis hundert zählen, das hilft. Bei neunundneunzig schläfst du.«

»Ich zähl bis dreihundert«, antwortet Johanna ärgerlich, »und liege wach wie sonstwas!«

»Dann zählst du nicht richtig!« sagt die Mutter.

»Eins, zwei, drei, vier, fünf, sechs . . .«, beginnt Johanna.

»Hör auf«, sagt die Mutter nervös.

»Ich kann auch in französisch zählen«, sagt Johanna.

»Denk dir was aus, aber laß mich zufrieden«, sagt die Mutter.

»Ja, ja«, sagt Johanna, »ich weiß, du hast ganz andere Sachen im

Kopf!« Sie sehen sich an wie Feinde. Keiner macht einen Versuch der Versöhnung. An solchen Tagen herrscht Schweigen bis zum Abend oder sogar zum nächsten Morgen.

Am Ende des Schuljahres hat Johanna die besten Prüfungsergebnisse der Klasse. Der Direktor überreicht ihr den Ehrenpreis der französischen Schulbehörde, eine hohe und seltene Auszeichnung für ein Kind. Noch dazu, wenn es in einer fremden Sprache lernt. Johanna ist stolz. Die Mutter ist überrascht. »Wie hast du denn das gemacht?« fragt sie.

»Einfach so«, sagt Johanna, »gelernt.«

»Aber wann?« fragt die Mutter. »Ich habe doch gar nichts davon gemerkt.«

»Siehst du«, sagt Johanna gedehnt.

»Was heißt ›Siehst du‹?«

»Du hast es eben nicht bemerkt«, sagt Johanna mit einem Seitenblick.

Die Mutter bindet sich die Schürze um, stellt den elektrischen Kocher an und sagt: »Ich koche uns jetzt echte Kartoffelsuppe!«

Johanna sitzt auf dem Stuhl und schaut zu, wie die Mutter kocht. Auf ihre Anweisung schält sie Zwiebeln und hackt Petersilie. Die Zwiebeln muß immer Johanna schälen, weil sie dabei nicht weinen muß. Wer eine Brille trägt, hat weniger Schwierigkeiten mit den scharfen Zwiebeldünsten.

»Ich bin sehr froh«, sagt die Mutter, »daß ich so eine kluge Tochter habe!«

Johanna nickt zufrieden.

»Mit einer klugen Tochter kann man allerlei bereden«, fährt die Mutter fort.

Johanna schaut auf.

»Auch sehr schwierige Sachen«, sagt die Mutter zögernd.

Johanna schiebt die Zwiebel zur Seite und blickt die Mutter an.

»Was ist los?« fragt sie.

Die Mutter rührt in der Kartoffelsuppe, schöpft einen Löffel voll ab, kostet.

»Ich habe da ein paar Sachen, die nicht gefunden werden dürfen. Es könnte sein, daß diese Herren von der Polizei uns weiterhin die Ehre geben.«

Die Mutter streut Salz und Pfeffer in die Suppe.

»Diese Sachen, weißt du, sind für einige Menschen lebenswichtig.« Die Mutter blickt Johanna an. »Ich glaube, ich kann es dir sagen, du bist ja klug.« Sie muß lachen. »Es handelt sich um Dokumente unserer Gruppe. Sie müssen sicher aufbewahrt werden.«

Die Mutter schaltet die Kochplatte aus und lüftet den Deckel des Topfes ein wenig. Die Suppe brodelt leise vor sich hin.

»Ich weiß ein sicheres Versteck«, sagt Johanna.

»So?« sagt die Mutter und lächelt. Dann deutet sie auf den grünen Koffer.

»Ich wußte gar nicht«, sagt Johanna, »daß du es weißt.«

Die Mutter lacht. »Aber Johanna!«

Johanna hebt den grünen Koffer herunter. Sie drückt auf das Knöpfchen. Der doppelte Boden öffnet sich lautlos.

Johanna nimmt das Päckchen mit den Briefen an die Mutter heraus. »Eigentlich«, sagt sie, »wollte ich es noch ein bißchen aufheben. Es ist nämlich eine Überraschung.«

»Dann heb es auf bis zu meinem Geburtstag!« schlägt die Mutter vor.

»Gut«, sagt Johanna, »du darfst nicht hineinsehen!«

Die Mutter verspricht es.

Johanna nimmt auch noch das Tagebuch heraus und steckt es zu dem Igel in den anderen Kofferboden. Jetzt ist das Geheimfach leer.

»Woher weißt du eigentlich?« fragt Johanna.

»Ganz einfach«, sagt die Mutter, »ich weiß von dir, daß dein Vater dir diesen grünen Koffer geschenkt hat. Alle Koffer, die dein Vater gemacht hat, haben ein solches Geheimnis. Er ist bekannt dafür. Unsere Genossen benutzen sie, wenn sie Flugblätter und Schriften über die Grenze transportieren.«

Die Mutter streichelt die Haut des Koffers.

»Und eines Tages sind wir alle wieder zusammen und eine Familie!« ergänzt Johanna. »Das wolltest du doch sagen!«

»So ist es«, sagt die Mutter.

»Aber du brauchst es nicht zu wiederholen«, sagt Johanna, »davon geht es nämlich auch nicht rascher!«

Die Mutter erwidert nichts. Es ist und bleibt ein schwieriges Thema zwischen ihnen.

Sie holt zwei verschnürte flache Päckchen, legt sie in das Geheimfach des grünen Koffers und verschließt ihn wieder. »Sollte einmal Gefahr drohen, ich verhaftet werden oder sonst irgend etwas passieren, mußt du den Koffer an dich nehmen und zu Helgas Mutter bringen. Versprichst du mir das? Johanna, versprichst du mir das?«

Johanna verspricht es.

»Und jetzt kann es losgehen!« sagt die Mutter verheißungsvoll. Sie hebt den Deckel vom Suppentopf und schnuppert. »Kartoffelsuppe!« sagt sie genüßlich.

Johanna hält die tiefen Teller hin. Die Mutter füllt auf. Sie setzen sich an den Tisch und essen Löffel für Löffel. Kein Wort fällt dabei, Essen ist eine köstliche Angelegenheit, die durch nichts gestört werden darf.

14

Noch ein paarmal bekommen Johanna und ihre Mutter nachts Besuch in ihrer Dachkammer. Die französischen Polizisten wühlen in den Schubladen und Schrankfächern. Einmal entdecken sie auch den grünen Koffer auf dem Schrank. Sie hatten allerlei Decken darübergepackt und ihn verdeckt. Johanna ist wie erstarrt. Sie sieht zu, wie die Männer den Koffer öffnen. Zuerst nehmen sie das Bündel Briefe in die Hand, das sie an die Mutter geschrieben hat.

»Oh«, sagt die Mutter und lacht. »Das sind meine Liebesbriefe!« Sie streckt die Hand aus. Die Polizisten zögern. Einer ist ein Kavalier, er gibt ihr tatsächlich die Briefe. Die Mutter sagt ein paar belanglose Sätze, drückt die Briefe ans Herz. Die Männer lachen. Für einen Augenblick sind sie abgelenkt. Sie suchen unter dem Schrank und dahinter. Die Mutter hat sich rasch auf den zugeklappten Koffer gesetzt, sie blättert in den Briefen und redet noch immer irgend etwas über Liebe.

Als sie endlich gegangen sind, atmen beide auf. »Wie du das gemacht hast vorhin!« sagt Johanna bewundernd.

»In den Briefen steht bestimmt viel über uns!« sagt die Mutter. Es ist gefährlich, so persönliche Aussagen im Haus zu haben. Johanna hat Namen wie den der Schreiners oder Lisas erwähnt. Eigentlich müßten sie die Briefe verbrennen, um sich nicht zu belasten.

»Weißt du was«, sagt die Mutter, »ich lese die Briefe, und dann trennen wir uns davon. Wir müssen jetzt sehr vorsichtig sein.«

»Später«, sagt Johanna tröstend, werden wir uns sehr viele Briefe schreiben.«

Es ist Krieg in der Welt. Am 1. September 1939 sind Hitlers Soldaten in Polen einmarschiert. Auch Frankreich fürchtet, überfallen zu werden. Die Mutter Johannas wird in die Schule gerufen und gefragt, was sie im Falle eines Kriegsausbruchs zu tun gedenke. Soll Johanna mit den anderen Schülerinnen evakuiert werden? Ist die Mutter bereit, die Sorge um die Sicherheit des Kindes der Schule anzuvertrauen?

Die Mutter unterschreibt, daß sie in einem solchen Falle dazu bereit ist. Die Lage der politischen Flüchtlinge wird immer komplizierter. Deutsche Gestapobeamte halten sich zahlreich und unverhüllt in Paris auf. Eines Tages holt die Direktorin der Schule Johanna aus dem Unterricht heraus und bittet sie, ihr zu folgen. Sie gehen einen Flur im ersten Stockwerk entlang, biegen um eine Ecke. Eine Frau winkt Johanna an ein kleines Fenster, das versteckt in einer Nische liegt. Von diesem Fenster aus kann man in den Schulhof hinuntersehen.

Unten am Treppenpodest zur Tür lehnt ein Mann in einem hellen Sommermantel und einem grauen Filzhut. Er hat die Hände in den Taschen und scheint auf etwas zu warten.

»Kennst du den Mann?« fragt die Direktorin.

Johanna schüttelt den Kopf.

»Schau ihn dir genau an, Johanna!« bittet die Direktorin. Johanna blickt noch einmal auf den Mann. Nein, sie hat ihn noch nie gesehen.

Die Direktorin seufzt. »Ich habe gleich so was geahnt!« sagt sie. »Dieser Mann hat behauptet, dein Onkel zu sein und dich abholen zu wollen. Ich sollte dich ihm übergeben.«

»Ich habe nur einen Onkel Kurt, und der ist klein und dick!« sagt Johanna.

Die Direktorin geht neben ihr zum Klassenzimmer zurück.

Sie öffnet die Tür und sagt: »Mach weiter den Unterricht mit und denk nicht daran. Heute mittag lasse ich dich nach Hause begleiten!«

In den nächsten zwei Wochen wird Johanna jeden Morgen abgeholt und nach Unterrichtsschluß wieder heimbegleitet. Die Direktorin hat diese Begleitung organisiert, um ihre Schülerin zu schützen. Johanna sollte offensichtlich von der deutschen Geheimpolizei entführt werden. Die Direktorin, die es gut mit ihr meint, hat diesen Entführungsversuch vereitelt.

Johannas Mutter weiß den Grund. Man will sie mit der Tochter erpressen. Hat man erst Johanna in den Händen, hofft man, daß die Mutter Aussagen über andere deutsche Genossen machen würde.

»Sei vorsichtig, mein Liebes!« fleht die Mutter. »Geh mit niemandem Fremden mit. Achte auf alles, sei mißtrauisch!«

Johanna lebt ein paar Wochen wie eine Gefangene. Nicht einmal zu Cécile kann sie zu Besuch gehen.

Die Mutter erzählt von Verhaftungen und Verfolgungen ihrer Freunde in Paris. Noch ist es so, daß Frauen, die minderjährige Kinder haben, unter besonderem Schutz stehen. Sie selbst kann nicht verhaftet werden. Aber einem Ehepaar in nächster Nachbarschaft ist es so ergangen. Johannas Mutter schleppt eine ganze Nacht lang aus der bereits beschlagnahmten und versiegelten Wohnung dieses Ehepaares wertvolle Bücher und Schriftstücke, um sie in Sicherheit zu bringen.

Als sie in der Morgenfrühe heimkommt, ist ihr Kleid, ihr Gesicht, ihr Hals geschwärzt von Staub. Todmüde möchte sie am liebsten ins Bett fallen.

»Diese Bücher haben ein Gewicht!« stöhnt sie. »Schlimmer als Wackersteine!«

Johanna macht Wasser warm und wäscht der Mutter die Haare. Sie seift ihr den verschwitzten Rücken und reibt ihn wieder trocken.

»Tut das gut!« sagt die Mutter und läßt erschöpft die Arme sinken.

Johanna deckt die Mutter im Bett zu und macht sich bereit zum Schulweg. Als sie mittags heimkommt, ist die Mutter bereits wieder unterwegs.

Der Winter kommt. Er bringt eisige Kälte und Schnee. Die beiden frieren in der zugigen Dachkammer, durch deren Fensterritzen der Wind pfeift. Am wärmsten und gemütlichsten ist es im Bett. Manchmal gehen sie schon mittags hinein, wickeln sich fest in die Decke und wärmen sich gegenseitig.

Johanna hat das Glück, manchmal am Sonntag zu einem Mittagessen in einer französischen Familie eingeladen zu werden. Es gibt nicht wenige mitleidige Franzosen, die in diesen Wochen mit einem solchen Angebot zu Emigranten kommen.

Johanna wird zu einem Papierwarenhändler und seiner Frau eingeladen. Es ist ihr, als ob Weihnachten, Geburtstag und Ostern auf einen Tag fallen. Es gibt gebackene Hühnchen und Gurkensalat und als Nachtisch Erdbeeren mit creme fraîche, einer Art Schlagsahne. Sie leert den Teller bis zum letzten Krümel, und die Kompottschale würde sie am liebsten auslecken, so gut schmeckt es ihr. Leider ist ihr Magen den ungewohnten Genüssen nicht gewachsen. Bereits am Abend, als sie wieder zu Hause ist, stülpt sich ihr Inneres nach außen. Die ganzen Leckereien muß sie erbrechen. Am Montag und Dienstag lebt sie von Kamillentee und Zwieback. Sie schreibt einen Brief an Lisa Cronheimer und streut ein paar Blüten des Kamillentees zwischen die Seiten. Das ist der Beweis für ihre Leiden. Die Mutter sitzt am Bettende und leidet auch. Sie strickt Strümpfe und Wollhandschuhe. Dauernd stöhnt sie vor sich hin. Die fünfte Stricknadel pikt sie sich in den Bauch, weil sie nicht weiß, wohin damit. Noch nie vorher hat sie freiwillig Handarbeiten gemacht. Derlei Arbeiten sind ihr ein Greuel, sie hat dafür weder Geduld noch Geschick.

Aber das Strümpfestricken muß sein. Die Männer, die lebend aus Spanien zurückgekehrt sind, wurden in Frankreich in Lager gesteckt und hungern und frieren noch ärger als sie in ihrem Dachzimmer. Die zurückgebliebenen Frauen der Spanienkämpfer haben Wolle gekauft und stricken warme Kleidung. Sie sparen am Notwendigsten, um Pakete mit getrockneten Orangenschalen, Fetten und Hartgebäck den inhaftierten Genossen schicken zu können. Auch die gefangenen Widerstandskämpfer in den Pariser Gefängnissen werden mit Lebensmitteln und Kleidung bedacht. Seitdem die Generalmobilmachung des französischen Militärs in Kraft getreten ist, kaufen die Behörden Socken für einen Stücklohn von 12 Francs an, das bringt immerhin etwas. Auch Johanna strickt mit. Bei ihr fällt das Ergebnis nicht viel besser aus als bei der Mutter. So stöhnen sie gemeinsam. Manchmal kommen noch zwei andere Frauen, Freundinnen der Mutter. Dann klappern die Nadeln im gleichen Takt, und die Stimmung bessert sich. Als Johannas Mutter den ersten warmen Pullover fertiggestrickt hat, ist sie außerordentlich stolz. Johanna gratuliert ihr feierlich.

Mitten im Winter erreicht Johanna eine Einladung ihrer Lehrerin, mit ihr ins Konzert zu gehen. Sie ist freudig überrascht, aber sie hat keine Zeit mehr, nach Hause zu gehen und sich umzuziehen. So wie sie ist, geht sie mit in das Opernhaus. Die Lichter im Vestibül glänzen. Die Menschen sind gut gekleidet und unterhalten sich angeregt.

»Hast du etwas gegessen?« fragt die Lehrerin Johanna.

Johanna nickt. Natürlich hat sie keinen Bissen gegessen. Aber das will sie nicht sagen. Die Lehrerin will Johanna den Mantel abnehmen, um ihn an der Garderobe zu lassen. Johanna hält den Mantel krampfhaft über der Brust zusammen. Sie kann ihn auf gar keinen Fall ausziehen. Darunter trägt sie ein mehrfach geflicktes schäbiges Kleid, ihr einziges warmes Winterstück, das sie besitzt.

Die Lehrerin sieht sie erstaunt an, aber schließlich respektiert sie Johannas sonderbares Verhalten. Sie nehmen auf den weichen Sesseln Platz. Die großen Wandlampen erlöschen, der Dirigent kommt auf die Bühne, hebt den Taktstock. Die Musik, Beethovens Neunte Sinfonie, hebt an und flutet über die Zuschauer. Die Musik ergreift auch Johanna. Noch nie hat sie etwas so Schönes, so Erhabenes gehört. Die erste Viertelstunde sitzt sie da, ohne sich zu rühren. Aber dann rührt sich etwas anderes, was sie nicht beeinflussen kann und was ihr sehr peinlich wird. Ihr hungriger Magen beginnt zu knurren. Johanna preßt beide Hände darüber. Der Magen knurrt weiter, immer lauter und zorniger. Johanna tastet die Manteltaschen ab. Sie findet kleine Brotkügelchen darin, ihr »Konfekt«, das sie mit der Mutter erfunden hat, wenn ihnen gar zu sehr nach etwas Eßbarem zumute ist und sie an den Bäckerläden und Geschäften vorbeigehen müssen, ohne etwas kaufen zu können. Die Brotkügelchen haben sie schon manches Mal abgelenkt.

Johanna schiebt sich das »Konfekt« in den Mund und kaut und lutscht unauffällig. Der Magen ist unzufrieden. Er ist zu hungrig, als daß er sich mit solchen Krümelchen zufriedengeben will.

So kommt es, daß Johanna die wunderbare Musik nicht genießen kann. Magenkrämpfe und ein immer wärmer werdender Wintermantel verderben ihr alle Freude. Die Lehrerin lächelt ihr zwischen zwei Orchestersätzen zu. »Ist das nicht eine wundervolle Musik? Eine wahrhaft geniale Sinfonie!« sagt sie.

»Ja«, sagt Johanna. »Eine schöne Musik.« Und preßt die Hände wieder über den Magen, der sich in Krämpfen windet, und traut sich nicht, wenigstens den viel zu warmen Mantel auszuziehen.

15

Die Mutter hat die Stirn voller Beulen. Das kommt daher, weil sie es sich nicht angewöhnen kann, sich zu bücken. Sie geht aufrechten Hauptes stolz daher. Aber die Tür ihrer kleinen Dachkammer ist so niedrig, daß man den Kopf einziehen muß, wenn man hindurchtreten will. Das vergißt sie immer wieder.

»Ich habe nicht gelernt, mich zu bücken! Und ich werde es wohl auch nie lernen!« sagt sie ärgerlich und massiert ihre Stirn.

Der Winter ist sehr lang gewesen, und sie haben sich beide noch nicht von der Kälte und dem Hunger erholen können. Johanna hat Fieber gehabt, und die Mutter ist auch krank geworden. Gegenseitig haben sie sich Wickel um den schmerzenden Hals und über die Fieberstirn gelegt. Wickel um die Waden sollten die Hitze in die Füße ziehen. Irgendwie haben es beide geschafft, wieder auf die Beine zu kommen. Im März, als die Mutter Geburtstag hat, zündet Johanna die Geburtstagskerze an und sagt: »Was auch kommen mag, wir bleiben zusammen!«

»Wir bleiben zusammen«, sagt die Mutter.

Zwei Tage später erhält die Mutter den amtlichen Bescheid, sie müsse sich zum Arbeitseinsatz in einem Rüstungsbetrieb in Südfrankreich melden. Das ist ein Befehl, und sie macht sich strafbar, wenn sie ihm nicht nachkommt. Das französische Militär bereitet sich auf den Krieg mit Deutschland vor.

Die Abreise der Mutter geht so schnell, daß beide nicht zum Nachdenken kommen. Johanna wird bei Cécile untergebracht. Sie kann in der alten Schule bleiben und in einigermaßen vertrauter Umgebung. Der Vater Céciles, ein Busfahrer, faßt Johanna tröstend um die Schulter und sagt: »Nun weine mal nicht, mein Mädchen. Wir passen schon auf dich auf!« Er verspricht Johannas Mutter, für die Tochter zu sorgen wie für ein eigenes Kind. Sie solle fahren und sich in das Unvermeidliche schicken.

Johannas Mutter fährt ab. Ein paar Wochen später, im Mai 1940, bricht tatsächlich der Krieg aus. Deutsche Soldaten marschieren über die französische Grenze. Der Kampf ist recht kurz. Wenige Wochen später kapituliert Frankreich. Als sich die Front Paris nähert, sind viele Bewohner in heilloser Aufregung und überstürzt zur Flucht bereit. Tausende gehen auf die Landstraße und versuchen, in den noch unbesetzten Süden durchzudringen. Auch Céciles Familie plant die Flucht. Die meisten Familien in der Nachbarschaft haben Koffer und Bettzeug gepackt, in Handwagen geladen und sind losgezogen. Die Familie beschließt, auch nicht mehr länger zu warten. Als alles gepackt ist und sie marschbereit sind, klingelt es an der Wohnungstür. Der Vater öffnet.

Ein überraschtes, freudiges »Hallo!« folgt, dann der Ruf, Johanna möge kommen. Johanna ist gerade dabei, ihren grünen Koffer zu verschließen. Sie geht zur Wohnungstür. Auf der Schwelle, müde und von den Strapazen der Reise gezeichnet, steht die Mutter.

Vier Tage und Nächte ist sie ohne Unterbrechung unterwegs gewesen. Sie erzählt schreckliche Dinge. Die Flüchtlingstrecks verstopfen die Landstraßen, Brücken sind gesprengt, Ortschaften zerstört. Das vorrückende Militär zwingt die Fliehenden brutal in den Straßengraben. Sie hat Verwundete und Tote gesehen, umgestürzte Wagen, verendete Pferde. Sie fleht die Familie an, sich nicht auf dieses Abenteuer einzulassen, sondern in Paris zu bleiben. Die meisten Menschen sind nach mehreren vergeblichen Tagesmärschen umgekehrt. Der Rückzug aber fällt viel schwerer als der Aufbruch.

Die Familie von Cécile packt die Koffer und Taschen wieder aus. Johanna geht mit der Mutter in ihre Dachkammer zurück. Die Concierge, die – wie es in Frankreich üblich ist – unten neben dem Eingang des Hauses wohnt, erkennt sie sofort und händigt ihnen den Wohnungsschlüssel aus. Alles ist so, wie sie es zurückgelassen haben. Die Junisonne strahlt, ein blauer Himmel spannt sich über die Dächer.

Die Mutter untersucht den Schrank nach Eßbarem und findet eine Tüte Nudeln. Von der Nachbarin bekommen sie etwas Fett. »Da sind wir wieder«, sagt die Mutter, und leiser fügt sie hinzu: »Und leben noch.«

Ganz allmählich und immer stückweise erzählt die Mutter von

ihren Erlebnissen in der Munitionsfabrik in Nevers. Sie ist die einzige Deutsche unter den Arbeiterinnen gewesen und natürlich heftigem Mißtrauen und offener Feindschaft ausgesetzt gewesen. Sie hat sich zur Wehr gesetzt, als sie entdeckte, wie brutal die Frauen in der Fabrik ausgebeutet wurden. Gleichen Lohn wie die Männer hat sie verlangt und sich auch bei der Fabrikleitung unbeliebt damit gemacht. Ganz sacht hat sie dennoch das Zutrauen der Arbeiterinnen gewonnen und Erleichterungen am Fließband erzwungen. Der Abschied von den Frauen ist herzbewegend gewesen. Von dem erarbeiteten Geld hat sie mehrfach Geld für Päckchen an die eingesperrten Genossen schicken können. Als die Frauen sahen, wofür Johannas Mutter den Verdienst nutzte, haben sie sich solidarisch erwiesen und ebenfalls Geld gespendet. Das, sagt die Mutter, sei ein großartiger Sieg gewesen.

Auch für Johanna hat die Mutter eine Überraschung. Johanna soll dreimal raten.

»Etwas zu essen!« sagt Johanna.

Die Mutter schüttelt den Kopf.

»Nachricht von Papa!« Die Mutter verneint. Sie weiß zwar, wie es Papa geht, daß er gesund ist und in Sicherheit, einen schriftlichen Beweis hat sie nicht.

»Vielleicht ein Buch?« fragt Johanna zögernd.

Die Mutter lacht. »Du mit deiner Lesewut!«

Sie geht zu dem Bündel mit Gepäck, das sie bei sich hatte, als sie ankam, und schnürt es auf. In Wäsche eingewickelt und dann noch in Packpapier, kommen ein Paar nagelneue Schuhe hervor.

Die Mutter stellt die Schuhe vor Johannas Füße und sagt feierlich: »Die sind für dich!«

Johanna kann es nicht glauben. Neue Schuhe für sie? Seit vielen Jahren kennt sie nichts anderes als getragene Kleidungsstücke, vererbtes Schuhwerk, mehrfach gewendete Röcke und Kleider. Sie hat getragen, was andere ihr geschenkt haben, weil sie es nicht mehr brauchten. Kein einziges Mal war etwas Neues dabei, was eigens für sie gekauft worden war.

Jetzt steht es vor Johanna. Blau, mit einem roten Paspel und Lederriemchen um die Knöchel. Die schönsten Schuhe der Welt! Johanna ist glücklich.

Dann fällt ihr etwas ein.

»Mama«, sagt sie, »ich brauche doch gar nicht so feine Schuhe. Du brauchst etwas zu essen, wie dünn und mager du bist!«

»Unsinn«, sagt die Mutter, »du brauchst Schuhe. Das war jetzt nötig.«

Johanna drückt die Mutter.

»Eine Woche lang«, erzählt die Mutter, »bin ich durch das Viertel mit den Schuhgeschäften gelaufen. Jeden Abend nach Arbeitsschluß habe ich mich vor die Schaufenster gestellt und überlegt, welche Schuhe wohl am schönsten sein könnten. Ich bin in den Laden gegangen, habe gesagt: ›Bitte zeigen Sie mir ein Paar Lederschuhe Größe 38 für ein Mädchen . . .‹ Die Verkäuferin hat mehrere Kartons herangeschleppt, und ich habe die Schuhe herausgenommen, angefühlt, sie ins Licht gehalten. Jedesmal habe ich dabei an dich gedacht. Es sollten die schönsten, die weichsten Schuhe sein, die es überhaupt gab.«

Die Mutter nimmt die Schuhe noch einmal in die Hand. »Es waren die glücklichsten Tage, die ich in Nevers verlebte. Weil ich jeden Tag an dich denken und von dir sprechen konnte.«

Sie stellt die Schuhe vor Johanna.

»Und jetzt zieh sie an!«

Johanna geht in den neuen Schuhen im Zimmer umher.

»Sie sind wie ein Bett!« schwärmt sie.

Die Mutter nickt zufrieden.

»So soll es ja auch sein«, sagt sie.

Johanna stellt die neuen Schuhe abends neben ihr Bett, so hat sie gleich beim Aufwachen wieder Freude.

Die Mutter erlaubt, daß sie die Schuhe zur Schule trägt. Johanna schwebt.

Am Nachmittag begleitet sie die Mutter zum Markt.

»Also, wie abgemacht!« sagt die Mutter.

Johanna nickt. Ihrer beider Aufgabe ist klar. Johanna darf endlich der Mutter bei ihrer Arbeit helfen. Sie darf mitgehen, wenn sie Flugblätter verteilt. »Kann losgehen«, sagt sie.

Sie gehen dicht an den Gemüse- und Fischständen vorbei. Johanna bemerkt, wie die Mutter sich verstohlen immer wieder bückt und etwas in die auf dem Boden abgestellten Einkaufskörbe gleiten

läßt. An einem Stand, wo besonders dichtes Gewühl ist, bleiben sie länger. Johanna steht etwas abseits. Die Mutter drängt sich zwischen den Kunden hindurch. Wieder wechseln ein paar der rosa Zettelchen mit der kleingedruckten Schrift ihren Besitzer. Sie gehen weiter und nähern sich den Ständen mit Textilwaren und Kleidung.

»Gleich geschafft«, flüstert die Mutter Johanna zu. Johanna sieht schon wieder auf die schönen neuen Schuhe an ihren Füßen.

»Schnell!« sagt die Mutter plötzlich. »Da kommen sie!«

Sie packt Johanna am Arm und zieht sie mit sich. Sie rennen, so schnell sie können, biegen in eine Gasse ab, laufen um eine Häuserecke und wieder in eine Nebenstraße hinein. Die Mutter verlangsamt ihren Schritt, blickt sich ein paarmal um, geht mit normalem Schritt weiter.

»Beinahe!« sagt sie atemlos und hält noch immer Johannas Arm fest.

»Ich bin schuld«, sagt Johanna erschrocken, »ich hab mich nicht umgesehen!«

»Ach was«, sagt die Mutter, »ich glaube, sie kamen von der anderen Seite!«

»Trotzdem«, sagt Johanna, »ich hätte aufpassen müssen.«

Sie ist ganz durcheinander. Um ein Haar wären sie in die Falle gelaufen, nur weil sie sich in den Anblick ihrer Schuhe vertieft hat. Sie sagt es der Mutter.

»Laß sein«, sagt die Mutter, »wir haben ja Glück gehabt. Und nun komm. Wir versuchen es im Park.«

Sie gehen in Richtung des kleinen Theaters und dann zum Luxembourg-Park. Die Mutter bückt sich neben einer Parkbank wie zufällig und nestelt an ihrem Mantelsaum. Dann steuert sie auf die nächste Parkbank zu.

»Wir ruhen uns ein bißchen aus!« sagt sie. Johanna setzt sich neben die Mutter. Die Sommersonne strahlt vom Himmel. Von den Blumenbeeten weht der Duft der Rosen herüber.

Es dauert nicht lange, und eine alte Dame mit einem kleinen Hündchen läßt sich auf der Nebenbank nieder.

»Schade«, murmelt die Mutter. Johanna sieht es auch. Ein rosa Zettelchen schwebt vom Sitz auf die Erde und bleibt dort liegen. Der Hund hat das fliegende Zettelchen bemerkt, die Frau nicht.

Die Mutter und Johanna gehen weiter. Wieder beugt sich die Mutter herunter, wieder nehmen sie auf der Bank nebenan Platz, um zu beobachten, wer den Zettel findet. Diesmal haben sie Glück. Ein Pärchen setzt sich, der Mann nimmt den Zettel, liest, reicht ihn der Frau. Die steckt ihn ein.

Sie müssen gehen. Es ist zwar ein großes Glücksgefühl, zuzusehen, wer die Zettelchen findet und liest, aber sie dürfen es nur wagen, wenn sie sicher vor der Polizei sind. Würde die Mutter dabei beobachtet, wenn sie eines der Zettelchen verteilt, wäre ihre Verhaftung gewiß. Im dichten Markttreiben könnten sie sich das niemals leisten. Die beiden verlassen den Park. Die Mutter bleibt noch ein paarmal stehen und läßt etwas aus ihrer Manteltasche gleiten. An der Bushaltestelle sind überraschenderweise keine Leute. Schnell klemmt Johannas Mutter ein Zettelchen an den Busfahrplan. Dann gehen sie eilig nach Hause.

»Weißt du was«, sagt Johanna, als die Mutter ihren Mantel auszieht und an den Haken hängt, »ich nehm morgen ein paar von den Flugblättern in die Schule mit!«

»Zu gefährlich«, sagt die Mutter.

Johanna widerspricht. Die Direktorin hat ihr in letzter Zeit mehrmals nachdrücklich gesagt, wenn sie sie brauche, solle sie ruhig zu ihr kommen. Sie hat sie damals vor der Entführung bewahrt. Die Direktorin gehört ganz bestimmt zu den Franzosen, die sich der Résistance, wie der französische Widerstand gegen die deutschen Besatzer genannt wird, angeschlossen haben.

»Du könntest es versuchen«, meint die Mutter. Jeder, der in diesen Tagen mithelfen kann, ist wichtig. Jede Stimme, jeder noch so kleine Versuch, den Faschisten zu trotzen, muß gewagt werden. Am nächsten Morgen trägt Johanna in ihrer Manteltasche dreißig der kleinen rosa Zettelchen. Auf allen steht das gleiche: »Kämpft mit uns für die Beendigung des Krieges, für einen sicheren Frieden!« Johanna ist wachsam. Sie macht keine Umwege auf dem Schulweg, sie hält die Hand über der Tasche. In der großen Pause, als sie allein mit der Direktorin am Flurfenster steht, wagt sie den Versuch. »Ich habe etwas, was weitergegeben werden soll!« beginnt sie. Die Frau sieht sie aufmerksam an. Dann lächelt sie.

»Vielleicht kann ich es besorgen!« sagt sie.

Johanna greift in die Tasche nach den Zettelchen. Die Direktorin stellt sich hinter sie, so daß sie Johanna halb verdeckt. Beider Hände berühren sich. Die Zettelchen wechseln ihre Besitzer.

Am nächsten Tag geht die Direktorin im Gang an ihr vorbei und sagt: »Es geht sehr gut.«

In den nächsten Tagen wechseln viele der Zettel aus Johannas Manteltasche in die der Direktorin. Die verteilt sie in ihrem Viertel, in Hauseingängen, Läden, wo immer sich Gelegenheit bietet und man sicher sein kann, daß viele Leute vorüberkommen und die Zettel finden können.

Ähnlich wie sie handeln in diesen Wochen viele Franzosen. Sie wehren sich gegen die deutschen Besatzer mit Flugblättern, handgemalten Plakaten, mit Losungen, die sie mit Kreide an Häuserwände oder quer über das Straßenpflaster malen. Die deutschen Soldaten finden die für sie bestimmten Aufrufe auf den Stühlen der Restaurants, auf den Sitzen der Kinos, in der Metro. Einige wenige werden nachdenklich beim Lesen, die meisten aber sind nicht bereit, tiefer darüber nachzudenken. Sie glauben blind an das, was die Faschisten ihnen einreden.

Der Widerstand wächst. Die Gefahr, dabei entdeckt und verhaftet zu werden, nimmt zu. Wenn Johanna den Händedruck der Direktorin spürt, liest sie auch die Frage in ihren Augen.

»Alles in Ordnung zu Hause«, sagt sie dann.

Am letzten Augusttag dieses Sommers 1940 rennt Johanna wie immer am Fenster der Concierge vorbei, erspäht den leeren Haken am Schlüsselbrett und rast die Treppe hinauf. Sie ist glücklich, die Mutter ist da!

Sie nimmt zwei Stufen auf einmal, am letzten Treppenpodest macht sie halt. »Mama, Mama!« ruft sie.

Auf diesen Schlachtruf hin erscheint meist die Mutter oben an der Tür und blickt ihr entgegen, wenn sie hinaufgestürmt kommt.

Diesmal bleibt alles still da oben. Johanna nimmt die letzten Stufen. Erschrocken bleibt sie stehen. Die Tür steht auf. Im Zimmer aber ist niemand. Dafür steht der Schrank weit offen. Die Schubladen der Kommode sind herausgezogen, und der Inhalt ist auf dem Fußboden verteilt. Das Bett ist durchwühlt, die Matratze liegt zuoberst, das Kissen auf der Erde.

»Mama, Mama!« schreit Johanna entsetzt.

Sie rennt die Treppen wieder hinunter zur Concierge. Die sieht ihr schon entgegen. Ihr Gesicht ist ganz verheult.

»Kind, Kindchen!« jammert sie. »Sie haben deine Mutter abgeholt!«

»Nein!« sagt Johanna, und ganz laut: »Nein, nein!«

Sie schüttelt heftig den Kopf. Das ist nicht wahr, das kann gar nicht stimmen. Heute morgen haben sie sich verabschiedet wie immer. Die Mutter hat ihr noch über die Schulter gestreichelt und gesagt: »Sei vorsichtig, paß auf dich auf!«

»Mach ich!« hat Johanna geantwortet und ist losgerannt, weil es schon ziemlich spät war und sie nicht den Unterrichtsbeginn verpassen wollte.

»Es war die deutsche Gestapo!« sagt die Concierge. »Sie haben gesagt, wenn du heimkommst, sollst du auch zur Polizei kommen und dich dort melden. Hier, ich habe alles aufgeschrieben.«

Die Frau beginnt wieder zu schluchzen.

»Wie sie gekommen sind«, beginnt sie zu erzählen, »und gleich die Treppe hoch, alle fünf Mann. Hochgetrampelt sind sie, das donnerte auf dem Holz. Ich konnte deine Mutter nicht vorher warnen, es ging alles so schnell.«

Sie bricht ab, sucht nach ihrem Taschentuch.

»Deine Mutter hat sie angefleht, doch wenigstens zu warten, bis du aus der Schule heimkommst. ›Ich habe eine Tochter‹, hat sie immer wieder gesagt, ›meine Tochter ist in der Schule!‹ Sie haben nur gelacht und gesagt: ›Die kann nachkommen.‹ «

Die Frau holt den Zettel vom Regal, wo sie aufgeschrieben hat, auf welcher Polizeistation die Mutter ist und wo sich Johanna melden soll.

»Ich komm mit dir, mein Kind!« sagt sie.

Die Concierge geht mit Johanna zur Wohnung hoch, verschließt sie und sagt wieder: »Nicht weinen, mein Kindchen, nicht weinen!« Aber Johanna weint gar nicht mehr. In ihr ist alles wie erstarrt. Sie merkt kaum, welche Straßen sie entlanggehen, um welche Ecken sie biegen. Erst als die Frau sie in ein großes Gebäude führt, nach einer bestimmten Zimmernummer sucht, anklopft und sich nach Johanna umdrehend sagt: »Hier ist es«, kommt sie wieder zu sich.

Drinnen sitzen drei Beamte, einer schreibt auf einer Schreibmaschine. Sie sprechen alle deutsch. Johanna erschrickt. Da sitzen sie vor ihr, leibhaftig, ihre schlimmsten Feinde, die deutschen Gestapomänner.

Einer der Beamten hört zu, was die Concierge sagt. Sie ist so aufgeregt, daß sie viel zu schnell spricht und alles durcheinanderbringt. Der Gestapobeamte versteht nichts.

Die Frau beginnt noch einmal, diesmal ruhiger. Sie sagt, daß sie zu Lene Rademacher wollen, die heute morgen verhaftet wurde, dies sei ihre Tochter Johanna.

»Lassen Sie die Frau frei!« fleht die Concierge. »Sie hat bestimmt nichts getan. Sie hat ihre Miete gezahlt, ich kann es bezeugen!«

»Ja, ja«, winkt der Beamte ab. Es interessiert ihn nicht, was die gute Frau bezeugen will. Er blickt Johanna an, mustert sie von Kopf bis Fuß, blättert in einer Akte, sagt schließlich: »Du hältst dich in der Wohnung auf, bis du abgeholt wirst. Dich bringen wir heim nach Deutschland, wo du hingehörst!«

»Sie kann einstweilen bei mir wohnen, bis Sie die Mutter freilassen!« sagt die Concierge.

»Raus!« sagt der Mann und schiebt die Frau aus der Tür.

Als Johanna allein in dem Zimmer zurückbleibt, liest er ihr die Namen und Adresse der Großeltern vor, ihre eigenen Daten und fragt: »Stimmt so?«

Johanna nickt. »Was ist mit meiner Mutter?« fragt sie.

Der Beamte antwortet nicht.

Johanna wartet.

Damals in dem Untersuchungsgefängnis in Frankfurt hat sie auch gewartet und ist von einem Mann in einem Ledermantel gefragt worden, wo sich die Mutter befindet. Johanna hat geschwiegen. Sie wußte, die Mutter war weggegangen, und ihre einzige Aufgabe war es, zu schweigen.

Diesmal ist die Mutter nicht geflohen, und sie kann sie nicht durch ihr Schweigen beschützen. Die Mutter ist hier, hinter einer der Türen. Vielleicht wird sie geschlagen. Johanna hat Berichte von Folterungen gehört, von geschlagenen, gequälten Menschen. Sie hat danach schrecklich geträumt. Niemals soll uns so etwas geschehen, hat sie gedacht. Und jetzt? Was machen sie mit der Mutter?

»Ich will zu meiner Mutter!« sagt sie laut.

»Halt's Maul!« herrscht sie einer der Männer an.

Johanna lehnt sich wieder an die Wand und wartet. Ihr scheint, als ob alles Blut aus ihren Adern herausläuft. Ihr Kopf ist heiß, die Hände sind eiskalt und schweißig.

Plötzlich wird die Tür aufgerissen, und ein Mann steckt seinen Kopf herein.

»Johanna Rademacher?« fragt er. »Mitkommen!«

Johanna folgt dem Mann ins Nebenzimmer. Auf einem Stuhl, in der Nähe des Fensters, sitzt die Mutter.

»Mama!« ruft sie laut.

»Johanna!« ruft auch die Mutter und will aufspringen.

Zwei Beamte halten sie zurück, und Johanna wird von einem Dikken an der Tür festgehalten.

Die Mutter beginnt heftig zu schluchzen. Sie fürchtet, daß sie ihre Tochter zum letzten Mal sieht. Man hat ihr gesagt, daß sie nach Deutschland ausgeliefert werden wird. Bei einem Prozeß muß sie mit der Todesstrafe rechnen. Sechs Jahre Widerstandskampf gegen die Nazis, sechs Jahre unermüdliche Arbeit für die »Rote Hilfe« werden ihr angelastet.

»Hannele, Liebes«, schluchzt die Mutter.

Johanna sieht zu ihr. Sie kämpft mit den Tränen, die auch in ihrer Kehle aufsteigen wollen. Sie drückt dagegen, bis sie ganz tief hinunterfallen.

»Aber Mama«, sagt sie leise, »vor denen da wirst du doch nicht weinen!«

»Sie haben Ihr Kind ja gut erzogen!« schreit der Beamte wütend. »Raus mit ihr!«

»Ja«, sagt die Mutter, »ich habe sie gut erzogen!« Und sie lächelt unter Tränen.

»Raus!« brüllt der Gestapobeamte wieder.

Johanna geht zur Tür. Sie geht rückwärts. So kann sie bis zum letzten Schritt die Mutter ansehen, und die Mutter sieht sie an. Ihrer beider Augen sind ineinandergesenkt, so fest es nur geht. Als die Tür hinter ihr zugeschlagen wird und die Concierge sie in die Arme nimmt, beginnt sie zu wimmern. Jetzt darf sie weinen, jetzt braucht sie nichts mehr zu unterdrücken.

Die gute Frau bringt Johanna nach Hause und räumt das Bett auf, damit sie sich hinlegen kann. Aber wie soll Johanna jetzt schlafen? Sie wäscht sich das Gesicht mit kaltem Wasser und sagt der Frau, sie könne sie jetzt allein lassen. Sie werde allein weiter aufräumen . . .

Die Frau geht. Johanna bleibt allein im Zimmer.

Sie nimmt die Strümpfe vom Boden und die Pullover, sie räumt die Teller auf das Regal und wirft die zerschlagene Tasse in den Müll. Die Gestapobeamten haben ihr den strengen Befehl erteilt, sich nicht aus der Wohnung zu rühren und zu warten. In den nächsten Tagen soll sie nach Deutschland auf den Transport geschickt werden. Johanna soll nach Frankfurt zu den Großeltern gebracht werden. Es hat also keinen Sinn, wegzulaufen oder sich zu verstecken. Aber was wird mit der Mutter? Sie denkt an die Berichte über die Lager und Gefängnisse. »Kaum einer überlebt sie!« hat die Mutter gesagt. »Es ist die Hölle.«

Sie macht das Fenster auf, um Luft zu bekommen.

Wären nur die Fahrräder rechtzeitig dagewesen, denkt Johanna verzweifelt.

Die Fahrräder wären ihre Rettung gewesen.

Seit ein paar Wochen planten sie und die Mutter die Flucht in die Schweiz zum Vater. Alles war besprochen, nur die Fahrräder hatten noch gefehlt.

Johanna sieht sich im Zimmer um. Alles sieht jetzt wieder so aus, wie sie es am Morgen verlassen hat, als sie zur Schule ging. Der Koffer! durchfährt es Johanna plötzlich. Wenn sie den Koffer geöffnet haben! Der grüne Koffer steht in der Ecke, wo Johanna ihn hingeschoben hat, als sie aufräumte. Sie drückt auf den geheimen Verschluß. Der doppelte Boden öffnet sich. Die zwei Päckchen mit den rosa Zettelchen, die sie in den nächsten Tagen verteilen wollten, sind unberührt. Daneben liegen zwei verschlossene Umschläge, die Johanna nicht kennt. Johanna schließt den Koffer, zieht ihren Mantel über und weiß jetzt, was sie tun muß.

Leise geht sie die Treppe hinab, öffnet die Haustür und steht auf der Straße.

Sie tritt zurück. Es könnte sein, daß ihr Haus bewacht wird. Vorsichtig späht sie nach allen Seiten. Leute gehen vorüber, ein Kind rennt seinem Ball nach. Gegenüber beim Friseur kann man durch die geöffnete Tür blicken. Die Nachmittagssonne spiegelt sich in den Scheiben.

Einfach losgehen, denkt Johanna, sich nicht unnötig umdrehen, normal die Straße hinuntergehen, nicht so krampfhaft den Koffer festhalten, locker sein, schlendern, den Leuten nicht wesentlich ausweichen. Keine Angst zeigen, immer ruhig atmen.

Es kommt ihr vor, als ob sie einen Stock im Kreuz hat, so verspannt und steif läuft sie. Der Koffer scheint mit Eisen gefüllt, aber er wiegt höchstens soviel wie eine Schultasche.

Plötzlich fällt ihr ein, daß so die Mutter durch die Straßen gegangen ist damals in Frankfurt, in den Wochen, bevor sie und ihre Genossen verraten wurden. Johanna blieb allein daheim und fürchtete sich oft. Irgendwann spätnachts kam die Mutter wieder. Sie hörte eine Tür zuschnappen und Schritte im Flur. Sie wartete darauf, daß die Mutter sich über sie beugte, um zu sehen, ob Johanna schon schliefe, und manchmal schlief sie wirklich schon, bevor die Mutter ins Schlafzimmer trat.

So ist das also, denkt Johanna, ich bin jetzt wie meine Mutter. Wovor habe ich Angst?

Sie weicht jetzt nicht mehr den Vorübergehenden aus. Sie blickt ihnen ins Gesicht und geht eilig, aber ohne Hast, an ihnen vorbei. Sie merkt, daß die Leute sie gar nicht beachten. Sie ist ein Mädchen wie andere auch, mit dunklen Haaren, einer Hornbrille und hübschen blauen Schuhen.

Sollte einer wissen wollen, was in dem Koffer ist, würde er nichts weiter als ein wenig Wäsche und einen Igel aus Hartgummi mit Stacheln darin finden.

Eine halbe Stunde später ist Johanna am Ziel.

Sie hat aufgepaßt, daß niemand ihr folgte, als sie das Haus betrat. Sie geht leise die Treppe hinauf, klingelt und wird von Frau Schreiner sofort in die Wohnung gezogen.

»Johanna, Kind!« sagt sie erschrocken, als sie ihr blasses, ernstes Gesicht sieht.

Johanna erzählt rasch, was vorgefallen ist. Dann zeigt sie auf den grünen Koffer. Frau Schreiner nickt.

»Du bist sehr tapfer, Johanna«, sagt sie.

»Und jetzt mußt du gehen. Niemand darf dich hier sehen.«

Johanna geht zur Tür. Dann fällt ihr etwas ein. Sie nimmt rasch den Igel aus dem Koffer und steckt ihn in die Manteltasche.

»Wenn der Krieg zu Ende ist, Johanna«, sagt Frau Schreiner leise, »werden wir uns alle wiedersehen. Ganz bestimmt. Paß auf dich auf!«

»Mach ich!« sagt Johanna.

Weil diese Geschichte wahr ist und weder die Ereignisse noch das Schicksal des Mädchens Johanna erfunden wurden, soll noch vom Ende erzählt werden:

Zwei Tage später ist Johanna auf den Transport nach Deutschland geholt worden. Zusammen mit anderen Frauen und Kindern ist sie erst auf einem Lastwagen, dann in Eisenbahnwaggons viele Tage und Nächte quer durch Frankreich und Deutschland gefahren. Sie hat Hunger und Durst gelitten, und einmal nachts, als sie erschöpft in den Schlaf fiel, hat ihr jemand die Schuhe von den Füßen gestohlen.

Johannas Mutter ist an die deutsche Justiz ausgeliefert worden. Vom sogenannten »Volksgerichtshof« wurde sie zu dreizehn Jahren Freiheitsstrafe verurteilt. Sie hatte mit der Todesstrafe gerechnet, denn man warf ihr Hochverrat vor. Das, was Johanna nie richtig wissen durfte, um es nicht unvorsichtig zu verraten, war entdeckt und von einem Spitzel der Gestapo gemeldet worden. Johannas Mutter hatte auch im Ausland für die »Rote Hilfe« gearbeitet, so hieß die Organisation, die sich um die Flüchtlinge kümmerte, ihnen Essen, Quartier und Medikamente besorgte. Sie hatte in der Schweiz und in Frankreich Flugblätter geschrieben und verteilt, in denen sie zum Widerstand gegen die Faschisten aufrief. Johannas Vater fertigte die Koffer mit den Geheimfächern an, in denen solches Material transportiert wurde.

Lene Rademacher war stark genug, die Jahre im Zuchthaus zu überstehen. 1945, als die Gefängnistore geöffnet wurden, wurde auch sie befreit. Johanna war inzwischen neunzehn Jahre alt. Während der letzten Kriegsjahre hatte sie bei den Großeltern in der Holzhaussiedlung gewohnt. Auch Johannas Vater konnte nun aus der Schweiz nach Hause zurückkehren.

Johanna ist heute eine erwachsene Frau mit zwei großen Töchtern. Ihre Mutter, über achtzig Jahre alt, ist gesund und noch sehr unternehmungslustig. Sie wohnen nicht weit voneinander entfernt und besuchen sich oft.

Den grünen Koffer mit dem doppelten Boden hat Johanna nicht wieder gesehen. Er ist irgendwo in der Welt bei einem, der Carl heißt oder Sophie, und wird noch gebraucht.

ISBN 3-358-00582-8

2. Auflage 1986
© DER KINDERBUCHVERLAG BERLIN – DDR 1984
Lizenz-Nr. 304-270/323/86-(40)
Gesamtherstellung: Karl-Marx-Werk Pößneck V 15/30
LSV 7511
Für Leser von 10 Jahren an
Bestell-Nr. 631 965 8

BOGER